액연

권여원

차례

액연　　　7

0

"자장, 자장, 우리 아가."

끊길 듯 이어지는 나지막한 자장가가 검은 숲 사이로 흩어졌다. 힘없는 발이 바닥을 쓸며 움직일 때마다 바스락거리는 소리가 땅을 기어갔다.

"잘도 잔다, 우리 아기."

아무것도 없는 빈 등을 추스른 몸이 위태롭게 흔들렸다. 흐느낌이 배어든 자장가 소리는 그칠 줄 모르고, 깊고 깊은 산으로 사라져갔다.

* * *

― 할아버지 가시기 전에 봬야지.

 이십여 년 만에 연락한 부친은 잘 지냈냐는 말도 없었다. 늘 자기 할 말만 하는 인사였기에 놀랍지도 않았다. 연락처를 어떻게 알았는지도 물어보지 않았다. 누구에게 들었는지는 뻔했기 때문이다. 가끔 일 년에 한 번쯤 연락해 안부를 묻고는 하던 막내 고모일 것이다. 그녀는 아들과 아내에게 버림받은 부친을 무척 안쓰러워했다.
 사실 버림받은 것이 아니라 살기 위해 도망친 것이었지만, 막내 고모와 부친은 그렇게 생각하지 않았다. 할아버지조차도 재영이 천륜을 저버렸다고 생각했다. 그렇게 억울해하는 사람들인데 안부를 알면서도 득달같이 달려오지 않은 건 조금 놀랄 일이다. 어쩌면 자식새끼 죽이고 싶냐던 모친의 절규가 먹힌 것일지도 모르겠다. 그게 아니라면 윽박과 폭력으로도 무릎 꿇리지 못한 모친의 기세에 눌린 것이 부끄러워서였던지.
 부친은 자신의 자존심에 흠이 나는 걸 무척 못 견

더 하던 사람이었다. 그래서 사고를 당한 다음 해 여름, 시골에 가지 않겠다는 모친과 엄청나게 싸웠다. 사고 후유증이 아직 다 낫지 않았다며 만류했지만, 부친은 일 년이나 지난 일이라며 고집을 꺾지 않았다.

아이들은 금방 잊으니까 별다른 문제도 없을 거라고. 재영이 당한 사고는 어리숙한 실수였을 뿐이니까. 그게 이유였다. 마을에는 댕기를 맨 아이도 살지 않았고 제 몸만 한 방패연을 들고 다니는 사람은 더욱이 없었기 때문이다. 그저 다친 걸로 혼날 게 무서워 재영이 거짓말했다고만 생각했다.

그가 그렇게 우길 수 있었던 것은 사고에 대한 기억이 없었던 것도 크게 한몫했다. 심지어 재영은 병원에서 깨어나 모친에게 아이에 대해 말했던 사실조차 이후에는 잊어버렸다. 꼭 그 부분만 도려낸 것처럼 아무것도 남지 않았다. 부친은 혼나고 싶지 않아 지어낸 이야기라며 재영을 나무랐다.

하지만 불행한 사고는 재영을 그냥 두지 않았다. 멍청한 것은 재영이 아니라 부친이었다. 잠깐 눈을 돌린 사이 재영이 사라진 거다. 한참을 헤맨 끝에 재영을 찾은 곳은 아이의 걸음으로는 가기도 힘든 거리에 있는 강이었다. 혼비백산한 어른들은 강에서 재영을 건

져 올려 갖은 정성을 쏟았다. 다행히 정신을 차렸지만 그날 밤, 재영은 원인 모를 고열로 앓아누웠다.

흐느끼는 재영을 앞에 두고 모친은 부친의 고집이 자식을 잡아먹을 뻔했다며 울부짖었다. 그동안 쌓인 울분까지 모두 더해진 목소리는 오래도록 묵어 지독한 뭔가가 어려있었다.

평생 인내하며 고분고분하던 모친이 카랑카랑한 목소리로 부친을 똑바로 쏘아보며 몰아붙이던 날의 기억은 무섭고도 신기한 기억으로 남아있었다. 그녀가 자신을 지키기 위해 싸운다는 걸 알았기에 붉으락푸르락하는 얼굴이 하나도 무섭지 않았다.

마뜩잖은 기억에 흠칫한 재영은 목덜미를 문질렀다. 코트를 입었는데도 오한이 들어 견딜 수가 없었다. 기이한 기분을 느끼며 소름이 돋은 목덜미를 문지르던 재영은 느리게 다가오는 낡은 버스를 발견했다. 어릴 적 시골에 갈 때마다 타던 그 버스였다.

한눈에 봐도 낡았다는 게 확연하게 보이는 실내에는 오랫동안 묵은 시간이 느껴졌다. 덜덜거리는 차체, 푹 꺼진 좌석 시트, 헤지고 갈라진 가죽 시트는 버스를 타고 시골로 가던 그 어린 시절에 머문 것 같았다.

아무렇게나 의자에 털썩 주저앉자 묘하게 쿰쿰하

고 퀴퀴한 냄새가 온몸을 감쌌다. 수없이 거쳐 간 사람들의 체취가 뒤섞인 것 같기도 하고 오래된 가죽 시트가 삭아 나는 냄새 같기도 했다. 기름 냄새와 뒤섞인 냄새는 참을 수 없는 토기를 불러왔다.

속이 울렁거리고 머리가 어질어질했다. 때가 탄 블라인드를 밀어버리고 창에 이마를 기대자 창에서도 냄새가 물씬물씬 풍겼다. 인상을 잔뜩 쓴 채 호흡을 가다듬던 재영은 요란하게 몸을 떨어대는 휴대폰을 코트 주머니에서 꺼냈다. 한창 일하고 있을 성현이었다.

"응."

— 출발했어?

"아니, 아직."

— 목소리가 왜 그래? 또 속이 안 좋아?

"어, 좀. 차가 좀 많이 낡았거든."

— 시골 내려갈 때까지 참을 수 있겠어? 안 그래도 멀미 심하잖아. 멀미약 먹었어? 안 될 것 같으면 차라리 택시를 대여해서 가.

"뭘 그렇게까지 해. 그럴 돈도 없고, 자면 괜찮아져. 차 출발하면 잘 거야."

잠시 조용해진 성현이 조그맣게 한숨을 삼키는 소리가 들렸다. 모친과 이사한 동네에서 알게 된 성현은 인생의 절반 이상을 함께 지낸 친구였다. 그만큼 재영의 상태를 잘 안다는 말이었다. 그런데도 더 말을 더하지 않는 것은 재영이 어떤 마음인지 알아서일 것이다.

― 언제 와?

"모르겠어."

― 오래 걸려? 얼마나?

"내일까지 연차 썼는데 상황 봐서 정하려고. 내일 오후에만 올라가도 괜찮은데, 만약 할아버지가 돌아가시기라도 하면 더 걸리겠지."

― 직장은 어쩌고?

"그땐 휴가 써야지, 뭐."

이번엔 숨기지 않은 채 한숨을 내쉰다.

― 내일 내려갈게. 일만 안 꼬이면 오프 제대로 받을 테니까.

"안 와도 돼. 말은 그렇게 했지만, 나도 어떻게 될지 몰라. 어차피 주말 전에 마감이 있어서 잠시 올라가야 하고. 그사이에 길이 엇갈리면 넌 헛걸음하는 거잖아."

머리가 지끈거려 유리창에 힘주어 눌러본다.

"어쨌든 안 와도 돼. 나도 할아버지만 뵙고 올라갈 거야."

─ 그럼 내일 올라오게 되면 그때라도 연락해. 태우러 갈게.

"왜?"

─ 거기 올라오는 도중에 소갈비 유명한 데 있더라고.

피식 웃음이 새어 나왔다.

"누가 사준대?"

─ 고마우면 사겠지.

"그러니까 오지 말라고. 나 혼자 잘, 알아서 올라갈 테니까."

─ 그럼 돼지갈비로 먹지 뭐. 저번에 사기로 하고 못 산 거, 나 아직 안 잊었다? 밖에서 너 기다리느라 떨었던 거 생각하면, 어휴. 돼지갈비가 뭐냐? 소갈비로도 안 될걸.

"곧 죽어도 됐다는 소린 안 하지."

─ 안 돼. 다른 사람은 몰라도 너한텐 아득바득 다 받아낼 거야. 지금까지 내가 얼마나 고생했는데.

그건 또 맞는 말이라 대꾸할 말이 없다.

"올라가면 사줄게."

─ 이슬도.

"어, 그래. 이슬도. 네가 마시고 싶은 만큼 시켜줄게."

― OK. 그럼 너 올 때까지 기다린다?

"아, 기다리긴 뭘 기다려. 그냥 네 일이나 해."

― 매일 언제 오나 기다릴게.

장난스러운 목소리가 낄낄 웃는다. 소름이 돋아 몸이 부르르 떨렸다.

― 어, 호출 왔다. 끊는다.

"수고해."

― 조심해서 내려가고. 도착하면 연락해.

"알았어. 너도 조심해."

성현이 대답도 하지 않은 채 통화가 끊어졌다. 또 무슨 급한 환자일까. 취객만 아니라면 좋을 텐데. 기억을 더듬어가던 재영은 광대뼈에 시퍼런 멍이 든 얼굴을 떠올렸다. 한쪽 볼의 반 이상을 차지한 멍은 응급실에 실려 온 취객이 난동을 부리는 바람에 그걸 말리다가 얻어맞아 생긴 거라고 했다. 동료의 앞을 막아선 바람에 화를 돋우어 근처에 있던 스테인리스 밧드를 사정없이 휘둘렀다고.

덕분에 피부가 찢어져 피까지 봤는데도 웃던 얼굴이 어찌나 황당하던지. 넉살 좋은 그 성격을 따라갈 수 없을 것 같아 혀를 내둘렀었다. 그런 성격이니 다른 사람들이 꺼리는 재영에게 상냥하게 대해준 거겠지.

불쑥 떠오른 기억이 우울하고 묘한 기분을 불러일으켰다. 시골에서 있었던 사고 이후부터 어쩐지 다들 재영을 피해 다녔기 때문이다. 기분이 나쁘다나. 재영으로서는 이해할 수 없었지만, 아이들의 사정은 그랬다. 그중에 유일하게 친구 하자며 다가온 것이 성현이었다.

'그렇게 생각하면 대단한 성격이기는 하지. 거의 학년 전체에서 왕따당하다시피 하는 내게 친구 하자고 한 거니까.'

친구를 하자고 온 이유도 황당했다.

'그냥 어디서 만났던 거 같아서.'

믿을 수 없지만 정말 그게 전부였다. 어쩐지 그냥 지나치기 어려웠다나. 무슨 뜻인지 물었지만 말 그대로라며 말을 아끼는 성현은 언뜻 보면 그 자신도 이해하지 못한 표정이었다. 성현이 전생이나 윤회를 믿었기에 한 말은 아니었다. 고작 열 살도 되지 않은 아이가 그런 걸 깊이 생각할 리가 없었다.

설령 성현이 그런 것을 깊이 믿었다고 해도 상관없었다. 성현의 말대로 전생의 어떤 삶에서 두 사람이 만났고 어렴풋하게나마 기억이 있다면 전생의 자신이 어떤 사람이었는지 물어볼 수도 있었겠다. 하지만 그때의 재영은 농담으로라도 그런 말을 할 여유가 없었다.

정말 전생이라는 게 있다면, 고통스럽지만 않았으면 좋겠다고 생각했다. 몇 번이고 전생을 거치며 당도한 삶이 이토록 고통스러우니 그 이전의 삶만큼은 괴롭지 않았으면 좋겠다고. 생은 다른데 계속해서 같은 고통이 반복되는 것은 너무나 비참한 일이지 않은가.

그렇게 말하자 성현이 이상한 표정을 지었다.

'왜 꼭 힘들었을 거라고 생각해? 부자로 살거나 엄청나게 성공해서 잘 살았을지도 모르잖아.'

듣고 보니 이상했다. 왜 자신은 상상 속 이전의 삶이 괴롭고 고통스러울 거라고 단정했던 걸까. 현실이 그러하니까? 생각한 순간 갑자기 머릿속에서 차가운 목소리가 읊조렸다.

아니. 그래야 조금이라도 갚을 수 있으니까.

가슴 깊은 곳에서부터 이상한 기분이 스멀거리며 피어올랐다. 어느 순간부터는 몸까지 달달 떨렸다. 재영을 뒤덮은 것은 정체를 알 수 없는 깊은 공포였다. 마치 제게는 행복한 삶이 주어질 수 없을 거라는, 불행한 것이 당연하다는 확신이 가득했다.

절대로 행복해질 수 없어.

그 한마디가 영혼까지 뒤흔들었다. 발밑이 아득해

지더니 끝도 없는 공간으로 떨어져 내리는 것 같았다. 재영은 가슴 속을 서늘하게 만드는 한기를 밀어내려고 애쓰며 머릿속으로 되뇌었다.

전생 따위는 없다. 그런 건 다 현재에 충실하지 못한 사람들이 자기 위안을 위해 만들어낸 허상일 뿐이다. 전생도 후생도 없이 오직 지금, 내가 살아가는 이 순간뿐이다.

나이에 비해 지나치게 성숙한 생각이었지만, 재영은 그게 이상하다고도 생각하지 않았다. 가슴을 조여 오는 두려움을 밀어내려면 그것밖에는 없었으니까.

변명 아닌 변명까지 듣고 난 성현은 기가 막힌다는 표정을 지었다. 그래도 그는 친구로 남아주었다. 덕분에 이전보다 쉽게 사람들과 섞일 수 있었고 친구 몇을 더 사귀었다. 사람과 쉽게 친해지는 데다가 사람을 끌어당기는 성현과 있어 혼자만의 굴에 틀어박히지 않게 된 셈이다.

이렇게 생각하니 성현이 가끔 거만한 말투로 은혜를 갚으라고 말하는 게 과한 말도 아니다. 그 때문에 부모님이 이혼하고서도 그다지 우울해지지 않았고 외로운 학창 시절을 잘 버틸 수 있었기 때문이다.

재영은 무심코 이마의 상처를 만지작거렸다. 꿰맨

지 오래되었는데도 찢어진 부위와 바늘로 꿰맨 자국은 선명하게 느껴졌다. 흐릿해진 그날의 기억과 달리 흉터만은 그날에 있었던 일이 진짜라고 외치는 것 같았다.

형님.

불현듯 목소리가 찾아들었다. 흠칫 몸이 떨렸다. 재영은 앉은 자리 주변을 둘러보다가 괜히 머쓱해져 상처 위를 손끝으로 긁었다. 시간이 지나도 옅어지지 않는 상처는 꼭 누가 일부러 각인한 것처럼 보였다. 사실은 나무에서 떨어졌을 당시에 뾰족한 돌에 쓿어 깊게 찢어진 것뿐이지만 말이다.

하나 이해되지 않는 것은 높은 곳을 무서워하는 재영이 어째서 나무 위까지 올라갔냐는 거였다. 거기다 시골집에서 사고가 난 나무까지는 꽤 거리가 멀었다. 어렸을 때는 소심한 성격 탓에 조부모가 함께 있지 않으면 밖으로 잘 나가지도 않던 재영이었다.

높은 곳은 위험하니 올라가지 말라며 단단히 이르던 모친의 당부를 잊을 리도 없었다. 그런데 어쩌다 그 장소에, 그 나무에 올랐다가 사고를 당한 것일까. 물론 변덕이었을 수도 있다. 어린애들의 마음이야 하루에도 열두 번씩 달라지고는 하니, 한창 뛰어놀 나이인 재영이 평소와 달리 엄청난 모험심을 발휘한 것일 수도 있다. 그 나이대의 아이들은 겁도 없이 높은 곳이라면 무조건 기어오르고 보지 않는가. 씩씩하게 나무 위를 점령한 뒤 모친에게 자랑스럽게 떠들 생각이었을지도 모르겠다.

곰곰이 고민하던 재영은 머리를 시트에 꾹 눌렀다. 설득력이 다소 떨어지지만, 그 나이대 아이들의 변덕을 어떻게 짐작할 수 있겠는가. 다른 날과 달리 뭐가 끌려서. 그게 이유겠지. 그리고 그날은 그냥 운이 없었을 뿐이다.

형님께서도 나무 타실 줄 아십니까?

뭔가가 순식간에 스쳐 갔다. 이맛살을 찌푸린 재영은 놓친 것이 무엇이었는지 떠올리려고 애썼다. 하지만 이미 저 멀리 사라져버린 기억은 되돌릴 길이 없었다.

머리가 지끈지끈했다. 지쳐 등받이에 몸을 기대자 강렬한 냄새가 온몸을 감쌌다. 재영은 당장 버스에서 내리고픈 마음을 억누르며 시큼한 침을 삼켰다. 도저히 깨어있는 상태로는 버틸 수 없을 것 같았다. 재영은 억지로 잠을 청하며 멀미가 잦아들기를 바랐다. 그리고 조금이라도 빨리 목적지인 버스정류장에 도착하기를 간절히 빌었다.

* * *

"이러다 재영이 죽겠어요!"

파리한 얼굴로 눈을 감은 재영을 안아 들며 모친이 소리쳤다. 바닥에서 일으켜진 몸은 사지가 딱딱하게 굳어 마치 나무토막 같았다. 그런데도 부친은 대수롭지 않다는 투로 툭 말을 뱉었다.

"이마 좀 깨졌다고 죽긴 뭘 죽어. 이마에 연고나 좀 발라주고……."

"당장 택시 불러요!"

단호한 외침에 뒤늦게 헐레벌떡 달려온 할머니가 근처 구판장으로 달려갔다. 전화기가 있는 곳은 마을에서 그곳 단 한 군데뿐이었기 때문이다. 모친은 구경 나온 마을 사람의 도움을 받아 재영을 등에 업었다. 싸늘하게 식은 손이 툭 떨어져 내렸다.

* * *

"흐읍!"

움찔 몸을 떨며 일어난 재영은 당황해 몸 여기저기 더듬기 시작했다. 이마가 깨질 것처럼 아팠다. 절로 신음이 비어져 나와 손으로 머리를 움켜쥐었다가 확인하자 손바닥이 시뻘건 피로 흥건했다.

화들짝 놀라 다시 상처를 더듬거리며 고개를 돌린 재영은 유리창에 비친 멀쩡한 얼굴을 발견했다. 믿을 수 없어 머리와 얼굴을 확인하고는 손을 다시 내려다보았다. 손바닥을 물들였던 피는 온데간데없었다.

환상이 아니었다. 분명 현실이었는데. 우물쭈물하며 이마를 확인한 재영은 난데없이 밀려든 오한에 몸을 떨었다.

형님.

오싹, 소름이 돋았다. 저도 모르게 주변을 둘러보았지만, 아무도 없었다. 분명히 누가 불렀는데. 아직 소름이 돋은 목덜미를 쓰다듬자 싸늘하고 으스스한 떨림이 심장을 휘감았다. 두근두근 뛰어대는 심장이 이상해 왼쪽 가슴 위를 문지르자 온몸이 으슬으슬했다. 불안인지 공포인지 모를 것이 온몸을 옥죄는 것 같았다.

재영은 안절부절못하는 자신을 이해할 수 없었다. 아무리 내키지 않는 귀성길이라도 갑자기 환청과 환영에 시달리는 건 뭘까. 시골 근처엔 얼씬도 말라던 모친의 유언을 어겼기 때문일까. 아니면 스트레스 때문일까. 그렇다고 이마가 깨져 피투성이가 된 환상을 보지는 않을 것 같은데 말이다. 재영은 유리창에 비친 이마를 거듭 확인했다. 그때였다. 주머니에 넣어두었던 휴대폰이 떨렸다.

애새끼처럼 빨빨거리고 다니다 다치지 말고 무사히 돌아와.

재영은 저도 모르게 픽 웃었다. 아까 들은 걸로 잔소리가 끝났다고 생각했더니 잔소리를 빼먹은 게 영 어색했었나 보다.

어. 고마워.
일 인분 더.

넉살에 피식 웃음이 흘렀다. 재영은 까맣게 죽은 액정을 내려다보다가 창으로 시선을 돌렸다.

1

겨우 잡아탄 택시가 잘 닦인 도로 위로 달렸다. 어

린 시절 시골집으로 가던 길은 거칠고 힘겹기 그지없었건만, 이십여 년의 시간은 그 흔적조차 없애 버렸다. 재영은 물끄러미 차창 밖으로 시선을 던졌다. 추수가 끝나 휑한 들녘엔 곧 들이닥칠 혹독한 계절의 스산함이 일찍 찾아온 것처럼 보였다. 왠지 견딜 수 없어져서 재영은 텅 빈 대지에서 눈을 돌렸다.

이십 년이 넘는 세월은 시골집에도 변화를 불러왔다. 다져놓은 것이 전부였던 흙길과 마당은 콘크리트를 발라 비나 눈이 와도 발을 더럽힐 일이 없어 보였고, 여름마다 소소하게 가지며 토마토를 기르던 집 한쪽엔 쓰레기만 수북이 쌓여있었다.

봄부터 가을까지 쉬지 않고 움직이던 경운기는 녹슬어 거미줄이 쳐진 채 방치한 지 오래돼 보였다. 얼핏 기억나는 커다랗고 예쁜 눈을 가진 소가 살던 외양간도 빈 채 덩그러니 그 자리를 지키고 있었다.

재영의 가장 큰 탐험지였던 윗방은 못 보던 사이 새시로 문을 만들어 놓아 폭주하는 기차처럼 온 마당과 마루를 쉴 새 없이 뛰어다니던 것이 모두 꿈인 것만 같았다. 오랜만에 찾은 시골집에는 추억은 모조리 사라지고 낯선 현실만 남아있었다. 왜인지 모르게 쓸쓸해져 재영은 걷다 말고 오르막길에서 멈춰 서서 오래도록 시골집을 바라만 보았다.

"저 왔어요."

누렇게 때가 탄 새시 문 앞에서 말하자 부스스한 몰골의 부친이 나타났다. 염색한 지 오래됐는지 거의 하얗게 센 머리는 재영의 생각보다 훨씬 더 많은 시간이 흘렀음을 말해주었다.

"왔냐. 들어와. 할아버지 안 주무신다."

재영은 신발을 신은 채로 디딤돌 앞에서 잠시 멈칫했다. 지저분하기는 했지만, 실내화가 놓인 걸 보니 신발을 신고 올라갈 곳은 아닌 것 같았다. 재영은 눈치껏 신발을 벗어 디딤돌 아래에 가지런히 놓았다.

"아버지, 재영이 왔어요."

조심스럽게 주변을 훑으며 들어가자 커다란 창 아래 놓인 목제 침대가 눈에 들어왔다. 불그스름한 목제 침대는 조부의 키와 길이가 그다지 차이 나지 않았다. 문득 지내기 불편하지 않을까 생각하며 안으로 발을 들이자 부친이 한쪽으로 비켜섰다. 아무 말 없이 천장만 올려다보던 조부가 가늘게 입술을 떨었다. 뭔가 할 말이 있는 것 같아 허리를 숙여 얼굴을 가까이 대자 입술이 부들거렸다.

"으으으……."

말이 되지 못한 신음이 마른 입술 사이로 새어 나왔다. 재영은 달달 떨며 들어 올린 손을 잡아 쥐었다. 거칠고 굳은살이 박인, 뼈만 남은 손이었다. 어렸을 땐 강인하고 따뜻한 손이었는데. 문득 떠오른 어린 시절의 추억이 애틋함을 불러왔다.

"할아버지, 저 재영이에요."

"으으으……."

"제 목소리 들리세요?"

흔들리는 시선이 천장을 헤맸다.

"할아버지."

조금 더 소리를 높여 부르자 갑자기 조부가 강한 힘으로 손을 움켜쥐었다. 오랫동안 앓은 노인의 힘이라고는 생각할 수 없는 힘이었다. 벌어진 조부의 입에서 조그만 소리가 흘러나왔다.

"가……."

"네?"

"가아……."

필사적으로 쥐어 짜낸 듯 희미한 목소리로 말한 조부가 숨을 들이켰다. 눈동자가 바쁘게 움직였다. 굳어진 근육은 표정이라고 부를만한 것을 그려내지 못했지만, 어쩐지 재영의 눈에는 조부가 두려움에 질린 것처럼 보였다.

"할아버지."

"인사는 그만해도 돼. 그래봐야 어차피 오래 말씀 못 하시니까. 오늘은 네가 왔다고 힘 좀 내셨나 보다."

숙였던 허리를 폈지만, 손은 여전히 조부의 손에 잡혀있었다. 아플 정도로 꽉 잡아 쥔 손은 점점 더 강하게 손을 옭아맸다. 그 때문인지 맞잡은 재영의 손도 달달 떨렸다. 재영은 눈에 띄게 흔들리는 손에서 여전히 천장에서 눈을 떼지 못하는 얼굴로 시선을 옮겼. 조부는 재영의 시선을 느낀 듯이 소리 없이 입술을 달싹였다.

'가.'

분명 그렇게 말하고 있었다.

"그만 손 놓고 올라가서 쉬어. 냉골이라 불은 때야 할 거다."

"오래 안 있을 거예요."

"이십 년 만에 와놓고선 이렇게 가게? 어쨌든 자고 갈 거 아니야. 할아버지 뵐 수 있을 때 많이 봬. 나중에 후회하지 말고."

"……."

"이불 금방 꺼내줄 테니 가져가고."

재영은 한숨을 삼키며 맞잡은 조부의 손을 톡톡 가볍게 감쌌다가 떨어졌다. 조부는 그때까지도 멈추지 않고 재영에게 말하고 있었다. 재영은 조금 뭉클해져서 애써 밝은 표정으로 쭈글쭈글한 팔을 쓸었다.

"할아버지, 저 마을 한 바퀴 돌아보고 올게요."

"……"

"멀리 안 가니까 걱정하지 마세요."

재영은 부친 대신 장롱에서 이불을 꺼내 들고 밖으로 나갔다. 닫힌 새시 문을 열고 마루에 올라서자 뒷덜미가 서늘해질 정도로 오싹한 한기가 느껴졌다. 코끝에 느껴지는 공기도 어쩐지 더 시린 느낌이다. 한겨울 들녘 한가운데에 서 있는 것처럼.

시린 공기 냄새 뒤를 쫓는 먼지 냄새가 잠시 잊혔던 정겨움을 불러왔다. 재영은 마루 끝에 자리한 창지문을 열고 들어가 이불을 내려놓았다. 불을 때지 않아 발바닥이 얼어붙는 것 같았다. 서둘러 밖으로 나오자 코끝이 시렸다. 재영은 으스스하게 떨리는 팔을 쓸어내린 뒤 신발을 신고는 곧장 밖으로 걸음을 옮겼다.

"어디가?"

"잠시 둘러보고 올게요. 불은 와서 땔 테니까 그냥

놔두셔도 돼요."

대답을 바라고 한 말은 아니었기에 지체하지 않고 걸음을 옮겼다. 뒤에서 구시렁거리는 소리가 들렸지만, 별로 신경 쓰이지는 않았다. 그래봐야 교육을 잘못했다는 둥, 싹수가 없다는 둥 욕만 하겠지.

집 사이로 구불구불하게 이어지는 길을 따라 걷자 오랫동안 다녔던 것처럼 무척이나 익숙한 기분이 들었다. 시골에 올 때마다 조부모를 따라다녔던 길이니 그렇게 느끼는 것일지도 모르겠다.

재영은 추억을 떠올리며 익숙한 담벼락을 따라 걸었다. 이상하게도 점점 걸어갈수록 초조해져서 담배라도 꺼내 물고 싶었다. 무심코 담배가 든 코트 주머니를 만지작거리다가 걸음을 멈춘 재영은 중독자처럼 안달하던 기분의 이유를 깨달았다.

조금 더 굽어져 왼쪽으로 뻗은 길은 몇 개의 인가를 거쳐 마을 입구로 가는 길과 합쳐지는 길이었고, 완만하게 꺾어지는 오른쪽 길은 마을 근처의 나지막한 산으로 가는 지름길과 연결된 길이었다. 그리고 그 중간쯤에 난 샛길로 오르막길을 올라가면 오래된 나무 하나가 나왔다.

심은 지 오래된 나무는 금방이라도 무너질 것처럼

아슬아슬했다. 위태롭게 경사면에 매달린 것도 걱정에 한몫했다. 하지만 어렸던 재영은 그 위험성을 몰랐고 평소와 달리 모험심을 발휘했다가 나무에서 떨어져 상처를 입고 말았다. 약간의 기억상실과 함께.

어쩔까. 반대로 갈까, 돌아갈까.

망설이던 재영은 무슨 변덕인지 오른쪽으로 발길을 꺾었다. 모친의 말에 따르면 열 바늘이 넘게 꿰매야 했을 정도로 큰 사고였다는데 도무지 기억이 없다. 상처를 꿰맬 당시의 기억도 흐릿했다. 기억나는 건 사색이 된 모친의 얼굴과 병원에서 돌아오는 내내 등을 도닥이던 손길뿐이었다.

시골로 내려오는 길에 버스에서 꿈도 꾸었지만, 기억이 나면 큰일이라도 나는지 후다닥 달아나버려 남은 것도 없다. 이제 와 그때 일을 후회하지는 않지만, 아주 가끔 궁금해 떠오르는 건 어쩔 수 없었다. 평소라면 자의로는 절대 하지 않을 행동을 왜 그날은 아무렇지도 않게 했을까. 꼭 뭔가에 홀린 것처럼 말이다. 재영은 기억보다 훨씬 더 메마른 나무 앞에 서서 끝이 부러진 가지를 올려다보았다.

* * *

저녁을 먹는 둥 마는 둥 하고는 이부자리를 폈다. 따뜻한 물에 씻었지만, 피로는 여전히 남아 있었다. 오랫동안 버스를 타고 온 데다가 불편한 장소에 있다는 이유 때문인지 잠도 오지 않았다.

이불을 덮고 누워보지만, 잠이 오기는커녕 정신만 또렷해졌다. 평소에 보지도 않는 웹툰을 억지로 이어 보다가 이내 흥미가 없어져 휴대폰을 내려놓자 고요한 침묵이 주변을 감쌌다.

왜 모친은 그토록 시골에 오는 걸 싫어했을까. 재영은 몇 번이고 당부하던 그녀를 떠올렸다. 대체 이곳에서 무슨 일이 있었기에 그렇게 조바심을 냈을까. 자신이 무슨 일을 겪었기에 부모님이 이혼해야 했을까. 꼬리에 꼬리를 물고 상념이 깊어졌다.

모친은 성격이 무던해 화도 잘 내지 않았다. 부친의 도박 중독에 가까운 유희와 폭력성 때문에 결혼생활이 힘들었어도 견디며 조언하던 그녀였다. 그런데 이십여 년 전, 이곳에서 생긴 일 때문에 그녀가 이혼을 결심했다. 사람들의 손가락질이 무서운 시절인데도. 재영을 보호하는 게 우선이라고 생각했기 때문이다.

하지만 그 일이 계기였다고 보기에는 뭔가 앞뒤가 맞지 않았다. 다친 것이 이유였다기보다는 뭔가 더 큰 이유가 있었던 것 같지만, 모친은 끝내 아무 말 하지 않고 세상을 떠났다. 절대로 시골집에 내려가지 말란 유언만을 남기고. 그래서 더 의문이었다.

절대로 가선 안 돼.

그 말은 일종의 강박이자 트라우마가 되어 재영의 안에 깊숙이 심어졌다. 그녀의 말을 어기는 날엔 마치 큰 화를 당할 것 같아 지금껏 모두 외면하고 살았다. 그런데 내려오고 나니 걱정했던 것이 무색하게도 아무 일도 없지 않은가. 적어도 모친이 걱정할 일은 없겠다 싶었다. 그때였다.

삐걱, 삐걱, 찌걱.

누군가 나무 마루 위를 걷고 있었다. 고개를 든 재영이 닫힌 문을 빤히 바라보았다.

끼익, 끼익.

소리가 점점 문 가까이 다가오고 있었다. 부친일까. 생각하는 순간 발소리가 딱 멈추었다. 마치 재영의 시선을 눈치챈 것처럼 기민한 반응이었다.

이상한 긴장감이 흘렀다. 고요한 사위가 기묘했다. 재영은 저도 모르게 숨죽인 채 문을 바라보았다. 침묵의 시간이 길어질수록 긴장감도 덩달아 높아졌다. 부친은 아니다. 부친일 수가 없다. 약간 통통한 체형인

그였다면 방금 난 것보다 더 크고 무거운 소리가 났을 것이기에.

할아버지는 움직일 수 없는 몸이었다. 어쩌면 낮 동안 팽창한 나무가 밤새 떨어진 기온 때문에 수축하며 나는 소리일지도 몰랐다. 하지만 그랬다면 소리가 달랐을 것이다. 이것은 분명 누군가가 나무 바닥 위를 걷는 소리였다.

그렇다면 대체 누구지? 새시 문이 열리는 소리가 들렸던가. 생각에 빠져있었지만 듣지 못했을 리가 없었다. 문이 열려있었을지도 모른다는 착각은 소용없었다. 윗방으로 들어오기 전에 직접 문을 닫았으니까.

소름이 훅 끼쳤다. 목덜미로 끼친 소름은 점점 더 퍼져 온몸이 전율했다.

'문밖에서 누가 아는 체하면 절대 대답하지 말거라. 귀신에게 홀려 잡혀간단다.'

으르듯 말하던 할아버지의 얼굴은 어둠에 먹혀 기묘한 안광만 빛났다. 그 말을 들은 자신은 어땠던가. 매일 밤 문밖에서 무슨 소리가 들리지 않는지 신경 쓰느라 몇 날 며칠 밤잠을 이루지 못해 앓아누울 지경이었지. 보다 못한 할머니가 문을 벌컥 열어젖히고선 "쉬이~! 썩 꺼져라!" 하고 소리치며 아무것도 없다는 것을 확인시켜주고서야 잠들 수 있었다. 할머니가 자신을 지켜주리라 믿었기 때문이다.

하지만 지금은 재영을 지켜줄 할머니는 없었다. 할아버지도 몸져누워 달려올 수 없는 상황이었다. 무엇보다 재영은 이제 스스로 자신을 지켜야 하는 나이였다.

뭐가 무서워서. 올 테면 와 보라지.

강한 어조로 되뇌며 눈에 힘을 주자 멈추었던 발소리가 들리기 시작했다.

끼익, 끼익. 삐걱, 찌걱.

느릿한 발소리는 조금씩 작아져 어느 순간엔 아예 들리지 않았다. 마침내 침묵이 찾아왔다. 이제야 끝났다는 안도에 표정이 풀어졌다. 무심코 문에 손을 올린 재영은 기묘한 예감을 느꼈다. 아직 뭔가가 있다. 문 너머 어딘가에, 무엇인지 모를 그것이 숨죽여 문이 열리기를 기다리고 있다.

문에서 손을 떼어내며 귀를 쫑긋 세웠다. 조그만 소리라도 놓치지 않겠다는 듯이 온 신경을 집중했다. 그러자 끝이라고 생각했던 삐걱거리는 소리가 천천히 멀어져갔다. 목덜미부터 온몸으로 소름이 번져나갔다.

만약 아무 생각 없이 문을 열었다면.

재영은 그 자리에 우뚝 선 채로 움직이지 못했다.

2

"형님을 형님이라 부르지, 무어라고 불러요."

재영은 제 가슴팍에도 미치지 못하는 조그만 아이를 내려다보았다. 아이는 특이하게도 연한 옥색 한복을 입고 있었다. 고무신에는 이름 모를 꽃과 새가 수놓여 있었다.

부모님이 한복을 무척 좋아하시나 보다.

대수롭지 않게 생각했지만, 쉽게 눈을 뗄 수 없는 것은 따로 있었다. 아이는 특이하게도 길게 늘어뜨린 머리카락을 땋아서 등 뒤로 넘긴 모습이었다. 모친이 밤마다 보던 드라마에서 본 적이 있는 차림새라 기억이 났는데, 아이는 드라마 속 아역 배우와 흡사한 모습이었다. 그 말은 현실에서는 보기 힘든 모습이라는 말이었다.

아직 설날이 되려면 한참 멀었는데.

속으로 생각한 재영은 동그란 눈을 깜박이며 묻는 말에 잠시 고민했다.

"이상하잖아."

"네? 무엇이오?"

"형님이라는 말 말이야. 좀 이상해. 나나 친구들은

형님이라고 안 부른단 말이야. 그렇게 부르는 사람은 아버지나 나이 많은 아저씨뿐일 거야."

아이는 이해되지 않는다는 듯이 고개를 갸웃거렸다.

"형님은 자기보다 나이가 많은 사람을 이르는 말이 아닙니까?"

"음……, 그렇긴 한데."

"그러니 제가 형님을 형님이라 부르는 것도 이상한 것은 아니지요."

딱히 틀린 말은 아니었다. 하지만 뭔지 모를 찜찜함이 가시지 않아 선뜻 대답하지 못하던 재영은 대답을 기다리듯 초롱초롱한 아이의 눈을 발견했다.

"그렇긴 한데, 너무 옛날 사람 같지 않아? 어머니가 보시던 옛날 드라마에서 하던 말투 같아서 이상해."

"그럼 어때요. 옛날 사람 같다면 옛날 사람 하지요."

"어, 음……. 알았어. 너 좋을 대로 불러."

"네, 형님."

재영이 말하자마자 아이가 냉큼 대답하며 웃었.

그렇게 형님이란 말이 좋은가?

환해진 아이의 얼굴을 보던 재영은 찜찜한 기분을 떨쳐냈다. 그게 뭐라고 저렇게 좋아하는 건지. 괜한 걸로 말꼬리를 물고 늘어지고 싶지 않아 그만두기로 했다. 저보다 어린아이를 상대로 따져 묻는 것도, 시비를 걸듯 계속해서 질문하는 것도 어리석다고 느꼈기 때문이다.

뭐라고 부르든지 무슨 상관이람. 부르고 싶은 대로 부르라지. 그깟 형님 소리가 뭐라고.

속으로 중얼거리며 재영은 아이가 가진 연으로 시선을 돌렸다. 거의 아이 몸통만 한 네모난 연에는 검은색 글씨가 쓰여있었다. 아마 이름인 것 같았다. 이름일지도 모른다고 생각한 건, 세 개의 글자 중 하나가 재영의 성과 같은 글자였기 때문이다. 한자를 배운 적은 없지만, 모친이 제 이름이라며 써주었던 걸 잊지는 않았다.

"그래서 여길 오르고 싶다고?"

아이가 고개를 끄덕였다. 재영은 말라 죽어가는 나무를 올려다보았다.

"꼭 여기여야 해? 여긴 좀 위험해 보여."

"여기서 제일 높은 나무가 이것인걸요."

"나무라면 다른 곳에도 있으니까 다른 걸 찾아보자."

기대감에 한껏 들떴던 얼굴이 시무룩해졌다. 이상

하게도 죄책감이 들어 가슴 한구석이 쿡쿡 쑤셨다. 재영은 참지 못하고 묻고 말았다.

"나무에 오르고 싶은 거야, 높은 곳에 오르고 싶은 거야?"

"둘 다요."

재영이 난처한 표정으로 갈라지기 시작하는 굵은 나뭇가지와 위태로운 모양으로 흙에 묻힌 나무뿌리를 번갈아 바라보았다. 담벼락도 없이 흙으로 다져놓은 경사면에 뿌리를 내린 나무는 금방이라도 한쪽으로 쓰러질 것처럼 위태로웠다.

"왜 여기 오르고 싶은데?"

"연을 날리고 싶어서요."

"연? 네 손에 쥔 걸 말하는 거야? 그런데 꼭 나무 위에서 날려야 해?"

"그건 아니지만, 여기가 가장 높은 곳이거든요. 연을 날리려면 높은 곳에서 바람을 잘 타야 한답니다."

그렇다고 이렇게 위험한 곳에 올라가겠다고?

이해할 수 없어 머뭇거리자 아이가 시무룩해져 고개를 숙였다. 연을 쥔 조그만 손이 꼼지락대며 어쩔 줄 모르는 걸 보니 괜히 심장 부근이 따끔따끔했다. 재영은 안절부절못하다가 마침 눈에 보인 검은 글자를 손으로 가리켰다.

"이건 뭐라고 쓴 거야?"

뜬금없이 던진 말이 창피했지만, 잠시라도 불편한 마음을 지우고 싶었다.

"본 것 같은데 잘 모르겠어. 혹시 넌 알아?"

"알다마다요."

"그래? 그럼 말해줘. 뭐야?"

"이 글자는 제 이름이랍니다."

"네 이름? 뭐라고 불러?"

"제 이름이 궁금하세요?"

뜬금없는 질문이 조금 이상했다. 재영은 망설이다가 어색한 표정으로 웃으며 말했다.

"아, 난 이재영이야. 저기 큰 집에서 왔어. 할머니 댁이 거기 거든."

"……"

"내 이름도 알려줬으니까 이젠 너도 알려줄 거지?"

"……"

아이의 표정이 이상해졌다. 화가 난 것 같기도 하고 아닌 것 같기도 했다.

"왜?"

"아니에요."

"화났어?"

"아뇨. 아닌 것 같아요. 음, 잘 모르겠어요. 왜 그렇게 말씀하세요?"

"화가 나 보였으니까? 좀 전엔 진짜 화난 것 같았거든."

"화나지 않았어요. 제가 어찌 형님께 화를 내겠어요. 그저……."

아이는 말하다 말고 곰곰이 생각하는 듯하더니 입을 열었다.

"그저 세월이 참 많이도 흘렀구나 싶어서요."

"그게 뭐야. 우리 할머니 같아."

"그런가요?"

"응. 우리 할머니도 맨날 내가 오면 그런 말을 해. '아이고, 우리 강아지! 언제 이렇게 컸니. 고놈 빨빨거리고 기어 다닐 때가 엊그제 같은데 세월 참 빠르다.' 이렇게."

할머니의 목소리를 흉내 내 말하자 아이가 까르륵 웃음을 터트렸다. 어른스러운 말투와 달리 웃음소리는 어린아이 그 자체라 귀엽기 짝이 없다. 재영은 아이를 웃게 했다는 뿌듯함에 씩 웃었다.

"어른들은 그렇게 말씀하시더라고요. 저희 할머님

도 가끔 그런 말씀을 하고는 하셨지요."

"음······."

"왜 그러십니까?"

"아냐."

재영은 아이의 말투가 조금 이상하다고 생각하면서도 고개를 저었다.

"그래서 네 이름은 뭐라고 불러?"

"제 이름이요."

아이는 곧 이름을 말할 것처럼 입술을 달싹이다가 방긋 웃으며 말했다.

"혹시 그거 아십니까?"

"뭘?"

"누군가의 이름을 부른다는 건, 숨어 있는 인연을 끌어온다는 것을요."

"응? 그게 무슨 말이야? 난 한 번도 들어본 적 없는 말이야. 어려워서 무슨 말인지도 모르겠어."

"형님께서는 늘 그리 솔직하셨지요."

"어? 날 알아?"

당황해 되묻자 아이가 품 안에 방패연을 끌어안으며 말했다.

"나무에 먼저 올라 저도 오를 수 있게 도와주세요.

그럼 이 연에 적힌 제 이름을 알려드리겠습니다."

"치사해!"

"공평하게 하나씩 교환하는 것이지요. 세상일에는 늘 그만한 대가가 필요한 법이랍니다."

아이답지 않은 말이었다. 점점 궁지에 몰리는 느낌이라 마음이 불편했다. 더 있고 싶지 않아 돌아가려고 했지만, 이상하게도 마음과 달리 발은 그 자리에 못 박힌 것처럼 움직여지지 않았다.

"어서요."

머뭇거리던 재영은 부드러운 재촉에 못 이겨 나무를 올려다보았다. 나무를 타고 올라갈 생각에 머릿속이 아찔했다. 다리는 도통 움직일 줄 모르고, 아이는 끈질긴 눈으로 재영을 바라보고 있었다.

에라, 모르겠다.

망설이던 재영은 굳게 마음먹으며 나무를 오르기 시작했다. 조금 전까지 움직여지지 않던 게 거짓말처럼 가벼운 걸음이었다. 조심스럽게 왼쪽 발을 나무 둥치에 대고 가지를 움켜잡자 흙덩이가 경사로를 따라 굴러떨어졌다.

다시 뒤를 돌아보았더니 아이는 담담한 표정으로 재영에게서 눈을 떼지 않고 있었다.

어서요.

재촉하듯 바라보는 시선에 떠밀려 힘껏 나무에 한 발 더 올라서자 심장이 쿵쾅거렸다. 한 발, 두 발, 세 발째 올라가 제법 높은 가지에 올라섰을 때였다.

형님.

"어?"

무심코 돌아본 재영이 새카만 눈동자를 발견했다. 뭔가에 떠밀린 것처럼 몸이 휘청거렸다. 무덤덤하던 아이의 얼굴에 서서히 미소가 피어올랐다. 이상하게도 재영은 아이의 주변만 느리게 흘러간다고 생각했다. 그래서 아이의 입가에 맺히는 미소를 세세하게 볼 수 있었을지도 모르겠다. 마치 엄청나게 크고 좋은 선물을 받은 아이처럼 기뻐하는 미소 말이다.

형님. 제 이름은 ……이랍니다. 사실 기억하실 줄 알았는데, 조금 섭섭했답니다.

재영은 순식간에 경사로 아래 지면으로 떨어져 내렸다.

* * *

"헉!"

소스라치게 놀라 온몸을 버둥거리며 일어난 재영은 엎드린 채 기침했다. 바닥에 부딪히던 감각이 방금 겪은 일처럼 생생했다. 온몸이 쑤시고 아팠다. 뼛속까지 아파서 정말 어딘가 부러진 건 아닌지 착각할 정도였다. 정신없이 얼굴과 몸을 만지다가 내려다본 손바닥엔 아무것도 없었다. 흥건하게 묻어나던 새빨간 피도, 바닥에 쓸려 벗겨진 피부도 없었다. 믿을 수 없어 다시 이곳저곳 더듬어보지만 역시 멀쩡했다.

형님.

귓가에 어렴풋이 부르는 소리가 들렸다. 놀라 뒤를 핵 돌아보자 꽉 닫힌 오래된 장롱만 보인다. 이상하게 등골이 오싹했다. 식은땀이 등줄기를 따라 흘렀다. 목이 졸리는 것 같아 무심코 손으로 문지르자 숨통이 겨우 트이는 것 같았다.

어쩐지 목이 말랐다. 며칠 물을 먹지 못한 사람처럼 목구멍이 바싹바싹 타들어 가는 것 같았다. 꿈이 뭐였는지 생각할 겨를도 없었다. 재영은 잠들기 전에 문밖에서 이상한 소리를 들었다는 것도 잊고 문을 벌컥 열어젖혔다. 써늘한 공기가 열이 올라 땀으로 젖은 몸을 덮쳤다. 순식간에 온기를 잃은 몸이 바르르 떨렸다. 재영은 두 손으로 양팔을 문지르며 어두컴컴한 마루 위를 걸었다.

삐걱, 삐걱. 끼익, 끼익.

한 발 내디딜 때마다 시끄러운 소리가 고요한 공기를 찢었다. 빠르게 아랫방으로 내려가 냉장고 문을 열자 시원한 공기가 장막처럼 펼쳐졌다. 컵을 집을 정신도 없어 물병 그대로 입에 대고 기울였다. 머리가 아릴 정도로 차가운 물이 벌컥벌컥 쏟아져 들어왔다. 물병의 반 이상을 비울 때까지 숨도 쉬지 않다가 갑자기 사레가 들려 기침하며 입 안에 든 물을 토해냈다.

"커흑, 컥! 콜록, 콜록, 콜록! 커읍!"

방 안에 자고 있을 할아버지와 부친이 깰까 봐 걱정됐지만, 기침은 잦아들 줄 몰랐다. 한참을 내장을 들어낼 듯이 기침하고서야 겨우 진정하자 바닥은 쏟아낸 물과 침으로 흥건했다. 재영은 따가운 코를 훌쩍이며 근처에 있던 휴지로 바닥을 닦았다.

손을 더듬거리며 꼼꼼하게 닦던 재영의 귀에 발소리가 들렸다. 자박자박 언 땅을 밟는 소리였다. 흠칫 놀라 손을 멈추자 시야 끝에 희뿌연 것이 지나쳐갔다. 흠칫 놀라 돌아보았지만, 마당엔 아무것도 없었다.

심장이 바짝 졸아들었다. 보고 싶지 않은데도 이끌리듯이 움직여 나가자 언뜻 스쳤던 뿌연 인영이 건

너편 집 모퉁이를 돌아 사라졌다. 가슴 속이 섬뜩했다. 온몸이 얼어붙은 듯 움직일 수가 없어 어둠에 물든 모퉁이만 노려보았다. 그러다가 문득 화들짝 놀라 위로 올라가 방으로 달렸다. 쿵쾅거리는 발아래 삐걱거리는 소리가 요란하게 뒤섞였다.

쿵. 문을 닫고 바닥에 주저앉은 재영은 두려운 것에서부터 도망치듯 엉덩이 걸음으로 뒤로 물러났다. 벽에 막혀 더 물러날 곳이 없자 몸을 웅크려 끌어안았다. 재영은 한껏 몸을 웅크린 채 문에서 눈을 떼지 않았다. 잠시라도 눈을 떼면 끔찍하고 무서운 것이 들이닥칠 것만 같았다.

* * *

재영은 따끔따끔 쑤시는 눈을 감았다가 떴다. 뜬눈으로 밤을 새우고 겨우 맞은 아침이 반갑기 그지없었다. 누렇게 변색된 창호지 너머로 들이비치는 햇빛도 반가웠다. 밤새 재영을 붙잡고 놓아주지 않던 두려움도 햇빛에 녹아 사라지는 것 같았다.

이상한 일이지만, 그건 환상이나 착각이 아니었다. 잘못 본 것이라고 치부하기에는 발소리가 너무 선명했다. 그렇다고 그것을 살아있는 무언가라고 말하기에는 뭔지 모를 찜찜함이 있었다. 보자마자 보면 안 될 것을 보았다는 듯이 내려앉던 심장이라니. 마치 그것을 본 순간이 세상이 끝나는 날처럼 느껴졌었다. 밑도 끝도 없이 느껴지던 두려움과 공포심은 주체가 없었기에 이해할 수 없었지만, 그래서 더 강력하게 느껴졌다.

어릴 때는 밤이 무척 무섭고 두려웠다. 문에 비친 나뭇가지 그림자만 봐도 몸이 오들오들 떨릴 정도였다. 마치 자신을 잡으려고 헤매는 혼령의 손 같다고 생각했기 때문이다.

할머니는 지나치게 겁이 많은 재영이 걱정스러웠는지 밤마다 품을 파고드는 재영을 밀쳐내지 않았지만, 따뜻한 품이 주는 안도감은 잠시뿐이었다. 이제는 사라졌겠지, 하며 눈을 떴다가 할머니의 어깨 너머로 조금 더 가까워진 그림자를 보고 얼마나 놀랐던지. 소스라치게 놀라 할머니의 품에 얼굴을 묻은 적이 한두 번이 아니었다. 눈물로 젖은 눈을 질끈 감고 숨죽이면 바로 얼굴 앞까지 다가온 뭔가가 주변을 살피듯 돌아보고선 사라지는 것이다.

온몸이 얼어붙는 것처럼 서늘한 기운이 사라지면 그제야 마음이 놓였지만, 감았던 눈을 뜨지는 못했다.

모든 것이 끝났다는 안도감에 눈을 떴다가 어둠 속에서 바라보는 시선과 몇 번이나 눈이 마주쳤기 때문이다. 깜짝 놀라 까무러친 후에는 잠깐의 평온이 진짜가 아니라는 걸 잊지 않았다.

어제 본 것은 그때 보았던 것과 무척 비슷했다. 보아서는 안 되고, 알아서는 더더욱 안 되는 어떤 것을 알아버린 느낌 말이다.

"후……."

절로 한숨이 비어져 나왔다. 두 손으로 얼굴을 쓱쓱 문지르자 머릿속이 복잡했다.

"으드드드."

부친이 요란하게 기지개를 켰다. 재영은 긴 한숨을 내쉬며 자리에서 일어났다. 돌아가기 전에 할아버지를 뵙고 함께 식사한 뒤, 마을을 한 바퀴 돌 예정이었다. 그러고선 오후에 출발할 차를 타러 가기 전까지 할아버지 곁에 오래 있을 생각이었다. 그렇게 생각하며 문을 열었을 때였다. 환하게 비쳐들던 햇빛은 어디 가고 어두컴컴한 마루가 눈앞에 나타났다.

당황한 탓인지 몸이 움직여지지 않았다. 분명히 환하게 날이 밝았었는데. 재영은 흔들리는 눈으로 눈앞에 드리워진 어둠에서 시선을 떼지 못했다. 굳은 몸 주변으로 서늘한 공기가 빠르게 몰려들었다. 팔에서부터 돋아난 소름이 목덜미, 등줄기를 지나 머리와 발끝까지 달렸다. 으스스해져서 눈을 굴리며 주변을 돌아보았다. 재영을 감싼 건 오로지 어둠뿐이었다.

"하아."

느리게 뱉어낸 숨이 뿌연 연기가 되어 공기 중에 흩어졌다. 몸이 으슬으슬 떨렸다. 목덜미와 등줄기에선 소름이 멈추지 않고 온몸으로 계속해서 퍼져나갔다. 숨을 한 번 내쉴 때마다 심장이 오그라들었다. 숨통을 죄는 두려움에 견딜 수 없어져 비명을 지르려던 순간이었다. 눈앞이 새카매졌다.

얼어붙은 땅은 발이 닿을 때마다 바스러지며 차가운 소리가 났다. 재영은 마당을 가로지르는 조그만 발소리를 따라 고개를 돌렸다. 그러자 시야 끝에 옷자락이 팔락이다가 사라졌다. 이른 새벽이라 덜 정돈된 머리가 조금 부스스해 보였다. 하지만 그런 것보다 더 시선을 잡아끄는 것은 아이가 든 커다란 방패연이었다.

날이 밝으면 함께 가재도.

불쑥 치민 생각에 걸음을 옮기자 잠시 시야가 어지러워졌다가 다시 돌아왔다.

감았던 눈을 뜨자 언제 움직인 것인지 재영은 마당에 덩그러니 서 있었다. 어리둥절해져 주변을 둘러보다가 시야 밖으로 사라지는 조그만 인영을 발견했다. 갑자기 마음이 조급해졌다. 재영은 다급하게 걸음을 옮기며 차가운 공기를 들이마셨다.

어디 가는 게야. 가지 말아라.

가면 안 돼.

돌아오거라.

제발 멈춰.

천천히 걷던 걸음은 발을 디딜 때마다 빨라져 종내엔 달리다시피 하였다. 아이가 사라진 갈림길에서 숨을 몰아쉬며 살펴보지만, 어디로 갔는지 짐작이 되지 않았다.

오른쪽? 아니면 왼쪽인가.

선택은 어렵지 않았다. 재영은 지체하지 않고 오른쪽으로 몸을 움직였다. 발을 내디딜 때마다 꿱, 꼭 괴이쩍은 소리가 뒤를 따랐다.

꼬끼오!

어디선가 들려온 힘찬 울음소리가 무겁게 내려앉은 공기를 뒤흔들었다. 재영은 걸음을 걷다 말고 멈추어 울음이 들린 하늘을 돌아보았다.

꼬끼오!

홰치는 소리가 싸늘한 공기를 밀어냈다. 눈을 감았다가 뜰 때마다 어두컴컴했던 하늘이 조금씩 환해지기 시작했다.

꼬끼오!

마지막 울음이 들리자 사방을 물들였던 어둠이 물러갔다. 재영은 저 멀리 물러난 어둠이 아쉬워하며 사그라드는 것을 바라보았다.

"어?"

재영은 어리둥절해져 눈을 깜박였다. 주변이 온통 어리둥절한 것투성이였다. 몸을 부르르 떨며 주변을 둘러보던 재영은 땅을 딛던 발에 아무것도 신지 않은 것을 발견했다. 믿기지 않아 발가락을 꼼지락거리자 차갑게 얼어붙은 땅과 자잘한 흙 알갱이가 느껴졌다.

언제 집을 나온 거지? 그것도 왜 맨발로?

분명히 아침인 걸 확인했었는데. 창지문 밖까지 환해질 정도였는데. 환하게 비쳐든 빛을 보고 어떻게 그걸 다른 것이라고 착각할 수 있겠는가. 또 부친의 기지개 켜는 소리는 어떻고. 모든 것이 선명하고 생생해서 현실이 아니라고 생각할 의심도 하지 못했다.

그런데 맞닥뜨린 문밖의 세상은 깊고 깊은 어둠에 잠겨 아직 깨어나지 않은 상태였다. 그 어둠 속에서 또 같은 인영을 보았고 눈앞이 캄캄해졌다. 그리고 깨어났더니 엉뚱한 곳에 말도 안 되는 차림으로 서 있다.

재영은 당황해 얼굴을 쓸어내렸다. 부모님이 이혼하기 전, 마지막으로 시골집에 내려왔을 때 듣기만 해도 기함할 기행을 많이 했다고 했다. 정작 재영은 기억이 없어서 믿을 수 없을 일뿐이었지만.

처음에는 자다 깨서 마당을 헤매다 쓰러져 잠들었다. 어떤 날은 외양간 앞을, 또 어떤 날은 텃밭에 심은 작물 사이를, 또 어떤 날은 집 밖으로 걸어가서는 한참을 서 있었다. 가벼워 보이던 증상은 날이 지날수록 점점 더 심해져 나중엔 모친이나 할머니가 붙잡아도 멈출 수 없었다고 했다. 어린애 힘이라고 하기에는 너무 세서 할머니나 어머니 혼자서는 역부족이라 두 사람이 달려들어야 겨우 진정됐다고.

그때는 부모님의 사이가 나쁜 것이 이유가 되었을 거라고 했다. 괜찮은 척하는 태도가 스트레스를 더 키웠다고. 그땐 그랬다지만, 오늘은 이유를 모르겠다. 부모님이 이혼하고서도 오랜 시간이 흘렀는데 정체불명의 몽유병이 이제야 재발한다고? 도무지 말이 되지 않았다.

설마 시골에 온 것 자체가 스트레스였던가. 그렇다고 편찮으신 할아버지를 뵈러 오지 않는 건 양심에 찔려 무시할 수가 없었다. 특히 할머니가 돌아가시고 장례 때 오지 못한 걸 얼마나 후회했던가. 할머니 유언이 자신을 보러오지 말라는 말씀이었지만, 그 말씀대로 한 것을 내내 후회했다. 그래서 할아버지 소식을 들었을 때 더 모른 척할 수가 없었다. 그래서 내려왔는데 이런 황당한 일을 겪다니.

가슴 속이 서늘해졌다. 기우일지는 모르지만, 뭔가 이상한 일이 생기는 것 같았다. 할머니와 어머니가 그 여름에 보았던 자기 모습이 이런 모습이었던 것일지도 모른다. 그렇게 생각하자 심장이 싸늘해졌다. 지금은 그때처럼 말려줄 사람도, 보호해줄 사람도 없었다. 오로지 저 혼자였다. 스스로 이재영을 지켜야 했다.

재영은 서둘러 몸을 돌렸다. 땅을 밟을 때마다 발바닥이 따끔거렸다. 뼛속까지 시린 한기에 온몸이 으슬으슬 떨렸다. 걷는 속도를 올려 발을 내딛으려는 순간 있는 줄도 몰랐던 노인과 눈이 마주쳤다.

"또 어딜 가. 그런 거 함부로 따라가면 안 된다고

했지!"

"네?"

"네 할미가 어떻게 널 보냈는데 또 그러고 있어. 썩 돌아가."

"……."

"아, 얼른 안 돌아가?"

흥흥한 재촉에 재영은 머쓱해져 꾸벅 고개 숙여 인사한 뒤 걸음을 옮겼다. 몇 걸음 걷다가 슬쩍 뒤돌아보자 노인은 여전히 그 자리에 서 있었다. 재영이 집으로 돌아갈 때까지 지켜보겠다는 듯이. 어쩔 수 없이 다시 몸을 돌려 걷자 가만히 지켜보던 노인이 못마땅하다는 표정으로 혀를 찼다.

"저 못난 놈이, 지 어미가 하지 말란 일을 기어코 어기고, 쯧쯧. 지 손으로 자식놈 황천길 보내려고 아주 환장을 했지, 환장을 했어."

구시렁거리는 소리는 재영이 담벼락 너머로 사라질 때까지 멈추지 않았다.

3

"발은 왜 그래?"

늘어지게 하품하며 밖으로 나온 부친이 물었다. 재영은 멍하게 앉아 앞을 바라보다가 시선을 떨어뜨렸다. 양말도 신지 않은 발은 흙, 먼지, 나뭇잎 등이 묻어 지저분했다. 민망해 발가락을 꼼지락거리자 부친이 혀를 차며 재영을 지나쳤다. 멍한 눈으로 발을 내려다보던 재영이 고개를 들어 마당을 지나쳐 먼 곳에 시선을 놓았다.

새벽에 있었던 일이 도무지 잊히지 않았다. 마당을 지나쳐가는 작은 아이와 그 아이를 절박하게 쫓아가던 자신, 아무리 쫓아도 닿을 수 없는 거리. 어디선가 들린 닭 울음소리. 영문 모를 수수께끼 같은 말. 꼭 뭔가에 홀린 것 같았다.

재영은 차갑게 언 얼굴을 두 손으로 문질렀다. 어떻게 된 일인지 알아내고 싶었지만, 생각나는 것이 없었다. 오히려 생각하려고 하면 할수록 더 알 수 없어지는 기분이었다.

"아직도 거기 있으면 어떡해. 와서 씻고 할아버지 식사 좀 챙겨드려!"

사라졌던 부친이 돌아와 소리쳤다. 간단히 발과 손만 씻고 나가자 따끈하게 데워진 죽그릇이 식탁 위에 놓였다. 고소하고 기름진 냄새가 나는 걸 보니 잣죽인 것 같았다.

"할아버지 드실 만큼 드시면 목욕시키고 마을 한 바퀴 돌고 와. 난 그사이에 산에 가서 불 땔 나뭇가지라도 긁어올 테니까. 감기 걸리면 안 되니까 잘 챙겨드리고."

재영은 말없이 죽그릇이 든 쟁반을 손에 들었다. 대답이 없다고 부친이 눈을 부릅뜨며 혀를 찼지만, 이젠 그가 무섭지 않았다. 재영은 닫힌 문을 열고 들어가 침대 옆에 붙은 작은 협탁에 쟁반을 내려놓았다. 아직 깨지 않았다고 생각했던 노인은 언제 깼는지 천장만 노려보았다.

"할아버지, 식사하세요."

"……"

"할아버지가 좋아하는 잣죽이에요. 냄새나죠?"

뻣뻣한 몸을 부축하며 일으키려던 재영은 빠끔거리는 입을 발견했다. 시선은 여전히 천장에서 떨어지지 않았지만, 부들부들 떨리는 손은 재영을 향해 있었다. 마치 잡아달라는 것처럼. 맞잡은 손바닥은 두껍고 거칠지만 따뜻했다. 어렸을 땐 이 손을 잡고 마을 곳곳을 피곤한 줄도 모르고 따라다녔었는데. 불쑥 찾아온 추억이 조금 울컥했다. 제 사정만 생각하느라 이렇게 병이 깊은 것도 모르고 살았다. 그게 미안해서 재영은 한층 더 다정한 목소리로 제게는 관심이 없는 노인을 달랬다.

"할아버지, 조금만이라도 드세요. 아버지가 잘 끓였는지 냄새도 좋아요."

"……."

"이거 먹고 나면 씻고 저랑 같이 밖에 햇볕 쐬면서 산책도 좀 해요. 며칠 전보다는 따뜻해져서 마을 한 바퀴 정도 도는 건 괜찮을 거예요."

"……."

"할아버지, 제 목소리 들리세요? 저, 재영이에요."

천장만 바라보던 눈동자가 흔들렸다. 순간 손을 쥔 힘이 강해졌다. 재영은 바들바들 떨리는 손을 두 손으로 꼭 잡았다. 그가 자신을 알아보았다는 기쁨에 고개를 숙여 큰 소리로 말했다.

"할아버지. 재영이가 왔어요. 늦게 와서 죄송해요."

"……."

"오늘은 제가 다 해드릴게요."

죄책감이 온몸을 짓눌렀다. 잠깐 내보이는 반가움과 배려가 꿀사나웠지만, 그것밖엔 할 수 있는 것이 없었다.

"가……."

입술을 꾹 닫고 열 줄 모르던 노인의 입에서 가느다란 소리가 흘러나왔다.

"네?"

"……."

"할아버지……."

"가아……."

처음으로 재영을 돌아본 노인이 남은 힘을 짜내어 중얼거렸다. 당황한 재영이 굽혔던 허리를 일으키자 몇 걸음 떨어진 곳에서 지켜보던 부친이 투덜거렸다.

"그렇게 보고 싶다고 죙일 너만 찾으시더니. 좋으시면서 저러신다."

"……."

"언제 갈 거냐?"

"오늘 오후 차로요."

부친이 생각하지도 못했다는 듯이 눈썹을 찌푸렸다.

"그렇게 일찍 간다고? 하루 더 있다 가지 그러냐. 할아버지도 오랜만에 널 봐서 좋으실 텐데."

그의 말대로 하고 싶지 않은 건 아니었다. 하지만 출근도 해야 했고 너무 오래 이곳에 있는 게 신경 쓰였다. 새벽의 일도 찜찜함을 더했다.

"내일 출근해야 해요. 마감 기간이라 너무 오래 쉴 수는 없어서요."

"그래?"

"네."

"그럼 할아버지 기분 좋아지시게 있을 때 뭐라도 많이 해드려. 내내 너 보고 싶다고 입버릇처럼 말씀하셨어. 온 김에 섭섭하지 않으시게 신경 좀 많이 쓰고 가. 그래야 할아버지도 너도 아쉬움이 덜하지."

"……네."

재영은 어느새 다시 천장으로 시선을 돌린 노인을 내려다보았다. 그가 입을 열어 말했던 게 아주 짧은 꿈 같았다. 노인이 재영의 손을 움켜쥐었다. 시선은 천장에 못 박혀 있었다. 미약하게 떨리던 몸이 부들부들하며 떨기 시작했다.

잠시 노인을 바라보던 재영이 천장을 올려다보았다. 누렇게 바랜 벽지가 눈에 들어왔다. 하지만 그뿐, 천장엔 아무것도 없었다. 다시 시선을 돌리자 노인이 눈을 부릅뜨며 잇새로 조그맣게 앓는 소리를 냈다. 노인을 달랠 길이 없어 맞잡은 손만 꽉 움켜잡았다. 설명할 수 없지만, 기분이 이상했다.

* * *

일어나기 쉽지 않은 노인을 휠체어에 태워 씻긴 뒤 옷을 갈아입히자 한 시간이 훌쩍 지났다. 재영은 땀과 물로 젖은 옷을 갈아입고서 휠체어에 노인을 앉혔다. 찬바람에 감기라도 들까 봐 두꺼운 패딩을 입히고 다리에는 담요를 덮었다. 목도리와 모자까지 씌우자 모든 것이 완벽했다.

다행히 바람은 불지 않았다. 햇볕도 따뜻해 한겨울보다는 초봄에 가까운 날씨였다. 천천히 마당을 벗어나 평편한 골목길을 돌아나가자 노인을 따라 농사를 짓던 논으로 향하던 길이 나타났다.

"예전에 할아버지께서 논에 가실 때 저도 가고 싶다고 쫓아갔었잖아요."

대답을 듣기 어렵다는 걸 알면서도 잠시 기다린 재영은 천천히 말을 이어 나가기 시작했다.

"힘들다고 오지 말라고 해도 부득불 같이 가겠다고 해서 귀찮으셨죠? 그런데 그땐 할아버지나 할머니

두 분 중 한 분이랑 꼭 붙어 다녀야 직성이 풀렸었거든요."

"……."

"이유는 모르겠는데 혼자 집에 있으면 무서웠거든요. 너무 조용하고 고요해서 거기에 잡아먹히는 것 같더라고요. 그냥 단순히 겁이 많아서 그랬던 것이겠지만, 그땐 혼자 남겨지는 게 너무 싫었어요. 그래서 두 분이 가시는 곳이라면 어디든지 따라갔었어요. 저 때문에 두 분은 귀찮으셨겠지만요."

조용히 이야기하며 골목길을 빠져나가자 콘크리트를 바른 널찍한 길이 나타났다. 어렸을 땐 흙길이었는데, 이런 곳에서도 시간이 흐른 걸 실감하게 된다. 문득 시선이 하늘을 나는 방패연에 머물렀다. 직사각형의 방패연은 제대로 바람을 타지 못해 위태롭게 하늘을 날고 있었다. 연에 매달린 기다란 꼬리가 팔락거리며 불규칙한 춤을 추었다.

갑자기 웬 연이지? 지금이 연을 날릴 시기던가? 그보다 마을에 연을 날릴 만한 어린애가 있었나?

고개를 갸웃한 재영은 멈췄던 걸음을 다시 옮겼다.

산책은 생각보다 짧았다. 마을 규모가 크지 않아 구석구석 돌아도 몇십 분 걸리지 않는데 아픈 노인을 생각해 근처만 돌고 오니 겨우 이십여 분 다녀온 게 전부다. 집으로 돌아가선 노인을 침대에 누이고 따뜻한 물로 적신 수건을 가져와 손발을 닦았다. 얼굴도 정성스레 닦은 뒤 로션을 펴 바르며 노인의 얼굴을 두 손으로 감쌌다.

"아이고, 우리 할아버지 잘생기셨네. 얼굴에서 반짝반짝 빛이 나. 앞으로는 아버지한테도 이렇게 해달라고 해요. 훨씬 보기 좋네."

몇 시간 뒤에 떠나는 게 마음에 걸려 일부러 장난스럽게 말하자 천장을 올려다보던 노인이 고개를 끄덕이고는 입을 열었다.

"가……."

"할아버지, 내가 가는 게 그렇게 좋아요? 왜 어제부터 자꾸 가라고만 해요. 이번에 가면 언제 올지 모르는데?"

"……."

"나 안 보고 싶었어요?"

노인이 빤히 천장을 올려다보다가 눈을 끔벅 감았다가 떴다. 글썽거리는 눈은 꼭 보고 싶었다고 말하는 것 같았다. 그런데도 입으로는 자꾸 가라고만 말하니 단지 아프기 때문인지, 아니면 그게 진짜 속마음이기 때문인지 알 수가 없었다. 재영은 울적해지려는 마음을 떨쳐내며 몸을 일으키려고 했다. 하지만 강하게 옷자락을 잡아채는 손길에 멈추고 말았다.

"할아버지?"

옷을 움켜쥔 손이 바들바들 떨렸다. 눈동자가 쉴 새 없이 천장 이곳저곳을 헤매고 다녔다. 마치 그곳에 거대하고 두려운 것이 있어 어쩔 줄 모르는 것처럼 한시도 가만히 있지 못했다. 가슴이 철렁 내려앉아 노인의 상태를 살피자 한참 동안 천장에서 시선을 떨어뜨리지 못하던 노인이 스르륵 돌아보았다. 마주친 눈은 조금 전처럼 흐릿하지도 않았고 두려움에 떨리지도 않았다. 어렸을 때 늘 보았던 것처럼 총명한 빛이 담겨 있었다.

"가."

단호하게 말한 노인이 움켜잡았던 손을 놓았다. 노인의 손에서 풀려난 재영은 당황해 그 자리에 선 채 움직이지 못했다. 노인은 또렷하게 말했던 것이 환상이었던 것처럼 원래 모습으로 돌아와 들릴 듯 말 듯 한 목소리로 재영에게 돌아가라고 말하고 있었다.

기분이 이상했다. 몸을 돌린 재영은 노인이 눈을 떼지 못하는 천장을 흘긋 돌아보았다. 하지만 거기에는 아무것도 없었다.

뭔가 있을 리가.

한심하다는 생각에 픽 웃은 재영이 문을 닫았다. 싸늘한 공기를 맞으며 시계를 들여다보자 시간은 벌써 열두 시를 넘어가고 있었다. 하루에 두 번뿐인 버스를 놓치면 꼼짝없이 다음날은 결근이었다. 슬슬 돌아갈 준비를 해야 했다. 짐은 몸뚱이와 옷가지를 넣은 백팩이 전부지만, 좀처럼 마음이 내키지 않는다는 게 문제였다.

어렸을 때도 그랬다. 늘 돌아가기 전엔 마음이 싱숭생숭해서 돌아가기 싫고 발걸음이 떨어지지 않아 뭉그적거리다가 결국 몇 번이나 뒤돌아보고서야 발길을 돌렸다. 마당을 가로질러 집을 나서면서도 꼭 등 뒤에 뭔가를 남겨둔 것만 같아 못내 아쉬워 돌아보고는 어머니의 재촉에 달려갔던 일이 한두 번이 아니었다. 방학 때만 되면 늘 뵈러 오는 두 분인데도 떠날 때는 어찌나 서럽고 아쉽던지. 시골집이란 그런 기억으로 남아있었다. 그 애틋하고 아쉬운 마음은 지금도 마찬가지였다.

"아픈 분 혼자 내버려 두고 왜 나와 있어?"

안 그래도 싱숭생숭한데 툭 내던지는 말에 마음이

상했다. 방금 나왔다고 말하려다가 말대꾸하는 걸로 보일까 봐 그만두었다. 그러자 대답이 없는 게 마음에 안 든다는 듯이 혀를 짧게 찬 부친이 바지를 툭툭 털며 닫힌 문을 열었다. 그가 세워둔 리어카에는 마른 나뭇잎과 잔가지가 가득했다.

"아버지!"

문득 부친의 목소리가 들렸다. 당황해 신발을 내던지다시피 벗고서 들어가자 눈을 감은 노인이 보였다. 부친은 경악한 얼굴로 노인을 흔들어 깨우려고 했다. 재영은 다가가 흥분한 부친을 밀어내고 주름이 잔뜩 진 인중에 손가락을 가져다 댔다. 숨이 느껴지지 않았다. 심장이 내려앉았다.

조금 전이었다. 바로 조금 전에 산책을 마친 노인을 침대에 뉘고 대화를 나누었다. 물론 제대로 된 대화는 아니었지만, 그가 잠깐 보인 총명한 빛은 금방 스러질 사람처럼 보이지 않았었다. 그런데 왜. 왜 돌아가신 거지.

"할아버지."

불러보지만, 대답은 들려오지 않았다. 노인은 평온하게 잠든 채 깨어나지 않았다. 재영은 억지로 자신을 떼어내 밀친 부친이 비쩍 마른 노인의 몸을 부여잡고 울음을 터트리는 걸 망연자실하게 바라보았다.

'가.'

이렇게 갑자기 가실 거였으면서 왜 가라고만 했을까. 차라리 붙잡으실 것이지. 그래서 조금 더 곁에 있었더라면 이렇게까지 죄책감이 들지는 않았을 텐데.

마지막 가시는 길에 혼자 두었던 것이 못내 마음에 걸렸다. 재영은 흘러내리는 눈물을 훔치며 소리 죽여 흐느꼈다.

* * *

구급차가 올 때까지 재영은 노인의 곁에 앉아 손을 잡은 채 움직이지 않았다. 부친은 착잡한 표정으로 밖에서 친척들에게 부고를 알렸다. 점점 따뜻한 온기가 사라지는 손을 잡고 있으니 그의 죽음이 실감 돼 북받쳐 올랐다. 천천히 손등을 쓰다듬으며 잠든 듯 고요한 얼굴을 바라보다가 손등으로 눈물을 훔쳤다.

부친이 통곡하는 소리를 들었는지 노인 몇이 어리둥절한 얼굴로 기웃거렸다. 운 흔적이 역력한 부친의 얼굴을 본 노인들의 표정이 서서히 변했다. 그들은 노인의 죽음을 자연스럽게 받아들이는 것 같았다. 아마 그가 오랫동안 병상에 있었고 제법 나이가 많았기 때문일 거다. 언제 가더라도 이상하지 않을 사람이라서.

구급차에 노인을 태우고 그 뒤를 따라 타려던 재영은 멈칫했다. 새벽녘에 맨발로 길거리에 서 있던 제게 호통을 친 노인이 굳은 얼굴로 바라보고 있었기 때문이다. 그녀는 혀를 차더니 몸을 돌려 사라졌다. 부친의 재촉에 얼른 구급차에 오르자 멈췄던 차가 움직이기 시작했다.

도로 위를 달리는 동안에도 재영은 노인의 얼굴에서 눈을 떼지 못했다. 부친은 장례식장으로 가는 동안에도 몇 번의 전화를 더 받았다. 전화 상대에게 노인의 부고를 알리는 얼굴은 침통했다. 재영은 처음 보는 부친의 얼굴에서 시선을 돌렸다. 그렇다고 그가 자신과 모친에게 했던 일들이 모두 덮이는 것은 아니다. 무섭고 끔찍했던 그에게 몰랐던 면모가 있다는 것은 새로웠지만, 그것이 그의 망가진 인간성을 변명해줄 수는 없었기 때문이다.

장례식장에 노인의 시신을 안치하고 방을 배정받았다. 부친은 남들 눈이 있으니 넓고 좋은 곳으로 달라고 말했다. 노인의 영정을 모실 방은 개중 가장 넓은 특실로 결정됐다.

안내받은 특실은 손님을 맞을 공간이 다른 곳에 비해 넓은 것 빼고는 그다지 나은 것이 없었다. 영정을 모실 방은 생각보다 자그마했고 접객실은 단출하다 못해 휑했다. 바닥에 깔린 고동색 장판이 잘 어울리지 않는다는 생각만 들었다.

천천히 안을 둘러보던 재영은 휴대폰에서 손을 떼지 않는 부친을 돌아보았다. 시골에 내려온 지 꽤 됐다는데 연락할 사람이 얼마나 많은지. 재영은 바쁜 부친 대신 장례식장 관계자가 묻는 말에 꼼꼼하게 대답했다.

성함이 뭐냐, 생년월일이 어떻게 되냐, 영정 사진은 있냐. 상주는 누가 할 거냐, 가족은 몇 명이 올 거냐 등. 묻는 것이 제법 많았다. 거기다 화환이 오면 어디에 어떻게 둘지부터 손님을 맞으면 어떻게 하면 되는지, 도우미로 파견할 직원이 필요한지 생각지도 못한 말들이 계속해서 이어졌다.

재영은 이쪽 일은 나 몰라라 하고 전화에 빠진 부친을 돌아보았다가 몇 가지는 결정을 미루며 대화를 마쳤다. 그리고 얼마 후엔 음식을 얼마나, 어떤 종류로 할 건지 머리를 싸매고 고민해야 했다. 고인에 대한 슬픔을 추스르는 것 외에도 신경 쓸 것이 너무 많아 정신이 없을 지경이었다.

한차례 필요한 결정을 끝내고 남겨진 재영은 주머니에 넣은 휴대폰을 만지작거렸다. 잠시 성현에게 알릴까 말까 고민하다가 그만두었다. 한창 바쁠 그에게 비보를 알리는 것이 내키지 않았기 때문이다. 물론 성현이 알게 된다면 빨리 알리지 않았다고 투덜거릴 게 뻔하겠지만 연락은 미루기로 했다.

아무것도 없는 장례식장 안에 앉아 시간만 보내다가 회사에 부고를 알리지 않았다는 게 떠올랐다. 막 통화를 끝내고 들어온 부친에게 말하고 밖으로 나오자 싸늘한 바람이 스쳐 갔다. 팀장에게 부고를 알린 뒤 입구 근처에 세워진 작은 정자에 주저앉았다. 바닥이 차가운 것쯤은 아무렇지 않았다.

가슴이 막막해서 그저 한숨만 새어 나왔다. 또 울지는 않았다. 어쩌면 부친에게 소식을 들으며 저도 모르게 마음의 준비를 했던 것일지도 모르겠다. 오랫동안 병치레를 했기 때문에. 이번이 마지막일지도 모른다는 예상 말이다.

그래서 이별의 순간을 확실하게 그린 적이 없어도 담담한 거라고. 예상하지 못한 순간에 예상했던 죽음을 맞닥뜨렸지만, 그래서 자연스럽게 받아들이고 있는 거라고 생각했다.

그런데 기분이 이상했다. 나쁘다, 슬프다, 괴롭다 같은 단어로 설명할 수 없는 아주 복잡하고 미묘한 여러 감정이 한데 뒤섞였다. 하나하나 명확하게 구분할 수 없는 기분이었다.

재영 씨, 아까는 정신이 없어서 못 물어봤는데 장례식장 명이랑 주소 좀 알려줄래요? 회사에서 근조 화환 보낸대요.

팀장이 보낸 메시지였다. 멍해져서 문자를 다 읽고 나자 코끝이 시큰해졌다.

오늘은 다들 정신이 없어서 못 갈 것 같고 저랑 몇 명이 모여서 내일 내려갈까 하거든요.
힘들겠지만, 기운 차리고 힘내요.

연이어 문자가 수신됐다. 눈앞이 흐릿해졌다. 별다른 말은 아니었다. 딱히 친분이 있는 것도 아니라 팀장이 보낸 말은 예의상 한 말에 가까웠다. 그런데도 힘내라는 말을 본 순간, 속이 울컥했다.

조금 전까지는 아무렇지 않았다. 울었고 가슴이 무너져서 괴로웠지만, 견딜만했다. 그랬는데 시간이 갈수록 견디기 어려워졌다. 점점 가슴이 무거워져서 숨 쉬는 것도 버거워졌다. 눈물이 흘러 손으로 몇 번이나 훔쳤다. 우는 게 쑥스럽고 민망해서라기보다는 그대로 두면 걷잡을 수 없을 것 같았기 때문이다.

하지만 노력이 무색하게도 자각한 슬픔이 순식간에 거대해지더니 폭우처럼 쉴 새 없이 쏟아져 내렸다. 울음이 잇새로 새어 나왔다. 재영은 참지 못하고 울음을 터트렸다.

그때였다. 손에 쥔 휴대폰이 부르르 떨었다. 성현이었다. 물끄러미 액정에 뜬 이름을 내려다보다가 한참 만에 겨우 받아서 들자 성현의 목소리가 들렸다.

— 뭐 하느라 이제 받아? 바빠?

"아니. 왜?"

— 오늘 오후에 올라오는 거지? 일이 좀 있어서 데리러 가지는 못하고 도착할 때 마중 나갈게. 몇 시 도착이야? 한 9시쯤 돼?

"몰라. 왜?"

— 저녁에 잠깐 들렀다 가라고. 어머니가 너 먹으라고 반찬 가져오신대. 그런데 목소리가 왜 그래? 무

슨 일 있어?

"……."

— 재영아. 듣고 있어?

"응. 그런데 오늘 못 들를 거 같아. 어머니께는 죄송하지만, 다음에 찾아뵙는다고 전해줘."

— 야, 너 목소리 왜 그래? 울었어? 진짜 무슨 일 있어? 혹시 할아버지…….

잠시 말을 멈춘 성현이 조심스러운 목소리로 물었다.

— 할아버지 많이 안 좋으셔?

"아니."

— 그래? 그럼 다행이고.

"돌아가셨어."

— 어, 뭐?

"할아버지 돌아가셨다고. 몇 시간 전에. 여기 장례식장이야."

— 야! 넌 왜 그걸 지금 말해? 아니 물론 정신이 없었겠지만…….

울컥한 목소리로 말하던 성현이 갑자기 조용해졌다. 그러고는 잠시 후에 한결 담담해진 목소리로 말을 이었다.

— 너도 정신이 없었을 텐데, 네 탓 하는 건 아니야. 나도 너무 놀라서.

"어, 알아."

— 그럼 할아버지 장례식장은 어딘데? 고향에서 하는 거지?

"응."

— 아……. 내일도 일하는데. 이상하게 계속 꼬여서 빠지는 게 쉽지 않네. 바로 못 가봐서 어쩌냐. 미안하다.

"네가 미안할 게 뭐 있어."

— 그래도 내가 제일 친한 친구잖아. 내일 일 끝나고 새벽에 눈 좀 잠깐 붙였다가 가면 아마 정오 안 돼서 도착할 수 있을 거야. 발인은 언제 해?

"아마 모레 오전쯤 할 거야. 아직 장례식장 준비도 다 안 돼서. 여기 담당자분이 차근차근 알려주실 거래. 넌 그런 거 신경 안 써도 돼."

— 신경이 안 쓰이겠냐? 다른 애들한텐 연락했어? 안 했으면.

착잡한 목소리로 말하던 성현이 갑자기 조용해졌다.

— 너 지금 옆에 혹시…….

"어?"

― 아냐. 내가 잘못 들었나 보다. 나 지금 가봐야 해서 더 통화 못 하겠어. 미안하다.

"별게 다 미안하네. 빨리 가봐."

― 미안해. 나중에 시간 나면 전화할게. 몸조심하고. 친척들이 뭐라고 해도 진지하게 듣지 말고, 신소리는 무시해버려.

재영은 피식 웃었다. 별 소릴 다 한다. 어머니가 없으니 성현이 어머니 대신이라도 하려는 모양이다.

"알았어. 어쨌든 전화해줘서 고마워. 어머니께 안부 전해줘."

― 알았어. 끊는다.

평소라면 싱거운 농담 한두 마디는 더 했을 성현이 바로 전화를 끊었다. 휴대폰을 만지작거리던 재영은 축축한 눈가를 대충 훔치고 일어났다. 발끝부터 재영을 야금야금 먹어 치우던 우울감이 어느새 먼발치까지 물러나 있었다.

"재영아!"

부르는 소리에 고개를 들자 막내 고모가 다가왔다. 서둘러 달려온 듯 정신없는 모습이었다.

"오셨어요? 빨리 오셨네요."

"내가 제일 가깝잖니. 아버진?"

"안에 계세요."

"오랜만에 보니 반갑다. 할아버진 뵀어?"

"네. 어제 내려왔었어요. 돌아가시기 전까지 함께 있었고요."

"그래, 잘했어. 잘 왔다, 잘 왔어. 아버지가 돌아가시기 전에 너 한번 보고 싶다고 늘 말씀하셨어. 보고 가셨으니 이젠 마음이 놓이실 거야."

"……."

"그간 사정이 있어 보지는 못했지만, 네가 우리 집 장손 아니니. 이럴 땐 네가 있는 게 맞지. 다른 일도 아니고 할아버지 장례식이잖아. 엄마 때도 못 와봤으니 이번 일은 돌아가신 언니도 이해해주실 거야."

"네. 들어가세요."

"같이 안 들어가고?"

"전 담배 한 대 피우고 들어갈게요."

속이 불편해 잘 피지도 않는 담배를 핑계로 댔다. 막내 고모는 뭔가 할 말이 있어 보이는 표정으로 그냥 고개만 끄덕이고 돌아섰다.

'재영이를 데리고 가겠다니, 언니가 무슨 자격으로요! 재영이 우리 집 장손이에요! 여자 혼자 애 키우면서 사는 게 얼마나 어려운데 이혼을 하겠다고 해요.

오빠가 성격이 좀 나쁘긴 해도 나쁜 사람은 아니잖아요. 다시 잘 맞춰서 살아봐요. 재영이도 생각해야죠.'

이혼하고 재영을 데려가겠다는 어머니에게 쌀쌀맞게 굴던 그녀의 모습이 떠올랐다. 그녀는 어머니께 상처를 주고 곁에서 지켜보던 재영에게도 상처를 준 사람이었다. 하지만 지금은 그때의 모습은 조금도 보이지 않았다. 시간이 제법 많이 흘렀기 때문일지도 모르겠다. 그런데도 무거운 돌을 얹은 것처럼 가슴이 묵직했다. 답답해진 가슴은 도무지 나아질 줄 몰랐다.

4

장례 이튿째.

하얀 국화꽃으로 꾸며진 영정 앞에서 상식(上食)을 올리고선 제를 지냈다. 밥과 탕국, 간단한 나물 정도만 차린 제삿밥은 간소하고 조촐했다. 둘러선 가족들이 장례지도사의 지도에 맞추어 두 번 절하고 곡하고 다시 절하며 정성 들여 제사를 지냈다.

아침까지만 해도 실감이 나지 않더니, 흰 국화로 둘러싸인 노인의 얼굴을 보자 그제야 실감이 나기 시작했다. 제를 지낸 음식은 음복하는 것이 좋다고 해서 내키지 않지만 억지로 한술 떴다. 하지만 제대로 삼키기도 전에 속이 답답해져 그만두었다.

노인이 살던 마을 사람들이 몇 명씩 모여 다녀갔다. 대부분은 그가 더 아프지 않아도 돼서 다행이라고 했다. 누가 그랬던가. 이만하면 그럭저럭 호상(好喪)이라고. 노인의 입장에서야 더 고통받지 않아도 되니 좋을지는 모르겠으나, 다른 가족들의 입장은 잘 모르겠다. 그에 관해 대화를 나눠본 적이 없으니.

하지만 재영은 그의 죽음이 다행이라고 생각하지 않았다. 조금만 더 있다 가시지. 다시 한번 더 뵈러 올 수 있게 조금만 천천히 가시지. 죄책감이 가슴을 짓눌렀다.

재영은 두런거리는 말소리를 들으며 영정을 올려다보았다. 느릿하게 피어오른 연기가 독하고 짙은 향취를 사방에 흐트러뜨렸다. 기묘한 움직임이 시선을 빼앗았다. 물끄러미 피어오르는 연기의 자취를 따라 시선을 옮기던 중 돌연 시야가 흐릿해졌다.

다행입니다, 형님. 종숙께서 형님을 참 힘들게 하셨었잖습니까. 이번에도 그때와 하나 다를 바 없어 어찌

나 근심이 컸던지요. 그래도 형님을 아껴주시는 모친을 만났으니 다행 아니겠습니까.

어린 태가 나는 목소리에는 안도감이 서려 있었다. 눈으로 확인할 수 있는 것이 아닌데도 목소리에는 진심이 담겨 있었다.

그래서 저도 마음을 놓았답니다. 형님께 제 원(願)을 전할 수 있어서요.

상냥한 목소리에 웃음이 뒤섞이기 시작했다.

"흡."

눈을 깜박인 재영은 주변을 돌아보았다. 하지만 목소리의 주인은 보이지 않았다. 인자한 얼굴로 내려다보는 노인의 영정만 있을 뿐이었다. 재영은 서늘하게 내려앉은 가슴을 손바닥으로 문지르며 늘어졌던 몸을 바로 일으켜 앉았다. 벽에 닿은 등에서 한기가 올라와 심장을 옥죄었다.

형님.

설핏 들려온 소리에 흠칫거리며 몸이 튀었다. 주변을 둘러보지만, 재영 외의 사람이 있을 리 만무했다. 민망해 괜히 머리카락이며 얼굴을 쓸던 재영은 도란거리는 목소리에 귀를 기울였다. 두런거리던 목소리는 무슨 말인지 알아들을 수 없을 정도로 많은 목소리가 한데 뒤섞여 점점 소리가 커지고 있었다.

노인을 안치한 지 몇 시간 되지 않았으니 장례식장을 찾은 사람들은 대부분이 마을에서 온 사람들일 것이다. 한마을에 오래 살아 가족보다 더 가까운 타인이었기에 한달음에 달려온 것이겠지. 그런 그들을 늘어지게 자는 모습으로 맞았을지도 모른다고 생각하니 얼굴이 화끈거렸다. 재영은 서둘러 자리에서 일어났다.

구겨진 재킷과 바지를 펴는 동안에도 알아듣기 어려운 말이 쉬지 않고 이어졌다. 서둘러 방을 빠져나가자 귀가 먹먹할 정도로 웅성거리던 소리가 한순간에 자취를 감추었다. 재영은 어리둥절해져 그 자리에 멈춰 섰다.

"재영이 왔니."

"여기 와서 뭐 좀 먹어."

"오랜만이다, 자식. 언제 이렇게 다 컸냐."

옹기종기 모여 앉은 자리에서 일어난 막내 고모부가 어깨를 툭툭 쳤다. 일이 있어 늦는다더니 이제야 도착한 모양이다.

"못 본 지 이십 년이 넘었잖우."

삐딱한 목소리로 둘째 고모가 대답했다. 재영은 얼

떨떨해진 채로 반갑게 아는 체하는 막내 고모부에게서 옹기종기 모여앉은 사람들로 시선을 옮겼다. 분명히 사람 말소리였는데. 게다가 공간이 꽉 찰 정도로 소리도 컸었다.

"그렇게 가더니 할아버지가 돌아가시고서야 얼굴 비추네. 그래도 다행이다, 야."

땅콩껍데기를 부수며 둘째 고모가 말했다. 그녀는 끝까지 재영 모자에게 적대적이었다.

"쯧, 그런 말은 여기서 왜 해."

"아니 뭐, 못 할 말 했나? 틀린 말은 아니잖아. 난리 치고 절연하듯이 발길 끊은 건 맞잖아."

"그땐 사정이 있었다니까."

"사정은 무슨 사정? 애가 아픈 게 어디 엄마, 아버지 탓이었나? 쟤 엄마가 제대로 건사 못해서 그런 거지."

이제 와 모친의 잘잘못을 따지는 게 어이가 없었지만, 그것보다 더 어이가 없는 건 휑한 접객실이었다. 말소리가 구분되지 않을 정도로 여러 명의 목소리가 한꺼번에 들렸었는데 말이다.

분명히 들렸는데.

믿을 수 없어 다시 접객실 내부를 둘러보지만, 친척들 외에 외부인은 한 명도 없었다. 환청이 아니었다.

나이 든 목소리 사이로 선명하게 들리던 어린 태가 나던 목소리까지 확실하게 들렸었다. 시끄러워 잠까지 깰 정도였던 소리가 사람의 것이 아니었다면 그 소리는 대체 뭐였던 거지?

"뭘 멀뚱하니 서 있어. 여기 와서 앉아."

"……네."

재영은 다시 텅 빈 접객실을 둘러보며 친척들이 모인 식탁 끄트머리에 앉았다. 부친은 못마땅한 표정으로 재영을 쳐다보고선 남은 맥주를 한입에 들이켰다.

"아침도 제대로 안 먹었는데 밥 먹을래? 수육 삶았는데 먹어보니까 맛있더라."

"아뇨, 괜찮아요. 별로 배도 안 고파요."

"네가 그렇게 힘이 없으면 어떡해. 네가 손님 맞고 다 해야 하는데."

"아이, 알아서 하겠지. 밥 한 끼 안 먹는다고 일 못해? 오랜만에 본 애한테 왜 그리 삐딱선이야."

"누가 삐딱했다고 그래?"

사람을 앞에 두고 투덕거리는 두 고모를 두고 재영은 자리에서 일어났다. 일제히 시선이 재영을 향했다.

"잠시 바람 좀 쐬고 오려고요."

부담스러워 변명하듯 말하며 밖으로 걸었다.

"그러게 왜 언니랑 그때 일은 꺼내!"
"아니 내가 뭘. 없는 말 했나?"
나지막한 질책에 짜증 섞인 대답이 돌아왔다.
"재영이 듣겠어."
"들으면 뭐 어때서."

잠시 사그라드는가 싶던 소란이 부친의 목소리에 다시 달궈졌다. 재영은 주거니 받거니 계속해서 끊이지 않는 목소리를 못 들은 척 밖으로 걸었다. 유리문을 열자마자 싸늘한 바람이 얼굴에 훅 끼쳤다.

하필 가셔도 이렇게 추운 날 가시네. 힘드시게.

피울까 말까 고민하며 주머니에 넣어두었던 담배를 꺼내 입에 문 재영은 하나씩 도착해 자리 잡는 화환을 돌아보았다. 그중에는 회사에서 보낸다던 것도 있었다. 기사에게 확인까지 해주고서 화환 앞에 서있자니 이젠 꿈이었으면 좋겠노라 바라지도 못하겠다.

결국, 손에 쥔 담배에 불을 붙인 재영은 길게 담배를 빨아들였다가 천천히 내뱉었다. 눈앞에 보이는 휑한 대지가 노인이 걸어갈 길 같아서 이상하게 마음이 시렸다. 가시는 길만은 따뜻하고 좋은 길이었으면 좋겠는데. 싸늘하게 죽은 풍경을 본 때문인지 계속해서 마음이 쓰리다.

"저긴가 본데."

"화환 있고 그런 걸 보니 맞는구먼."

"저기 저 서 있는 아가 할배 손주 아니가?"

"글씨, 맞는 거 같기도 하고 아닌 거 같기도 하고. 얼굴이 어째 좀 닮은 거 같기도 한데."

문득 들린 목소리를 돌아보자 머뭇거리며 걸어오던 노인 몇 명이 안색이 밝아져 다가왔다. 재영은 당황해 손에 쥔 담배를 서둘러 재떨이에 비벼 끄고는 손으로 연기를 날렸다.

"여가 이윤우 할아버지 식장 맞제?"

"같은 마을에서 살던 사람들인데 어제 돌아가셨다 해서 안 왔더나."

"아……, 네. 맞아요. 저희 할아버지세요."

소극적이던 노인들이 순식간에 밝아진 표정으로 말했다.

"그렇제? 딱 보니 니가 그 아 맞는 거 같더라. 어릴 때 얼굴이 그대로네."

"아이고, 잘 컸다. 그래 쪼끄맣던 아가 이래 컸나."

"할배가 네 자랑 많이 했다 아이가. 아가 똘똘하니 좋은 대학도 가고 직장도 좋은 데 얻었다고."

"할배가 자랑할만하네. 아주 잘 컸네, 잘 컸어."

금세 친화력이 올라 재영의 팔을 쓸며 말하던 노인이 잘했다는 듯이 팔을 툭툭 두드렸다. 재영은 멋쩍어 슬며시 웃고 말았다.

"감사합니다."

"그래, 할배는 어디 계시고?"

"제가 안내해드릴게요. 이쪽으로 오세요."

"그래, 하이고 어제 갑자기 이상한 소리가 들려가 얼마나 놀랬던지."

"다들 할배 돌아가신 거 알고 마음은 안됐는데 한편으로는 잘됐다, 했다 아이가. 오죽 오래 고생하셨어야지."

"네……."

얼마 되지도 않는 거리를 걸어가는 동안 대화는 쉬지 않고 이어졌다. 처음엔 간단하게 대답하던 재영은 계속해서 이어지는 질문이 난처해 억지웃음 지으며 얌전히 걸음만 옮겼다. 다행히 재영에게 딱히 대답을 바라고 하는 말은 아니었는지 노인들은 서로 말하기 바빠 재영이 별말 하지 않아도 신경 쓰지 않는 눈치였다.

"이쪽으로 들어가시면 돼요."

노인들을 안내해 안으로 들어가자 옹기종기 모여 앉았던 사람들이 일제히 일어나 반겼다. 서로 반갑다는 듯이 얼싸안거나 알은체하며 돌아본 노인들이 분향소로 향했다. 풀어놓았던 재킷 단추를 채우며 안으로 들어간 재영은 한쪽에 일렬로 선 숙부들 곁에 섰다.

곡을 하고 인사를 주고받으며 간단하게 조문을 끝낸 노인들이 접객실로 나가자 때마침 휴대폰이 울었다. 액정을 확인하니 성현이었다. 한쪽에 자리 잡는 노인들에게 인사한 뒤 밖으로 나가려는데 뒤에서 수군대는 목소리가 들렸다.

"그때 그 아 맞제?
"그려. 쟈가 그 귀신 붙은 아 아이가."
"아이고 마, 지금은 멀쩡하네?"
"그때 굿을 크게 안 했나. 온 동네 사람들이 무슨 일인가 몰려가서 구경하느라 정신 없었제. 양반네라고 그런 건 영 달갑잖아 했잖여. 근데 뭐 손주 놈이 다 죽어가는데 어쩔 수 있나."
"양반네는 무슨, 지금 이 시대에."
"그래도 뿌리는 양반 아닌감."
"하이고 마! 지금은 그런 건 아무짝에도 쓸모없다!"
"와들 이라노. 할배 보러 와서 싸우기는 와 싸우냔 말이다."

언성이 높아지는가 싶더니 갑자기 잠잠해졌다. 그 뒤를 이어 멋쩍음을 감추려는 듯 헛기침 소리가 들리기도 했다.

 재영은 등 뒤에 꽂히는 시선을 무시한 채 밖으로 걸었다. 노인들이 한 말이 얼마나 사실인지는 모른다. 하지만 적어도 뭔가 일이 있었고 그것 때문에 가족들이 곤욕을 겪었다는 건 안다. 그리고 그 일 때문에 겨우 참고 이어 붙여 살던 가족이 찢어지게 됐다는 것도.

 할머니가 마음의 병을 얻어 일찍 돌아가신 것도 아마 그 때문일 것이다. 기억하지 못하는 시간 속에서 자신은 얼마나 많은 사람을 힘들게 했던 것일까.

— 바빠?

"넌 안 바빠? 무슨 전화를 하루에 한 번씩 해. 네가 내 애인이야?"

— 애인도 없는 놈이 무슨 헛소리야. 너 잘 있나 확인할 겸, 위로하려고 전화한 거지. 사람들 많이 왔어?

"아니, 아직은. 낮이라 그렇게 많지도 않아. 덕분에 담배 필 시간도 있고 한가해. 넌?"

— 잠깐 짬이 좀 났어. 그런데 금방 들어가 봐야 해. 넌 좀 괜찮아?

"어, 괜찮아. 안 괜찮을 건 뭐 있어."

— 그럼 됐고.

문득 피다 만 담배 생각이 간절했다. 주머니에 넣은 담배를 만지작거리는데 갑자기 성현이 물었다.

— 그런데 거기 사람 많아? 왜 이렇게 시끄러워.

"응? 사람? 왜?"

주변을 둘러보며 말한 재영은 곧이어 들려온 말에 우뚝 멈추고 말았다.

— 왜 이렇게 주변이 소란스러워. 너무 크게 떠들어서 귀가 아플 지경이야. 그리고 거기에 어린애도 왔어? 원래 어린애는 그런 데 안 데려가지 않나? 어제 들은 목소리랑 비슷한데, 이틀 연속은 너무 한 거 아닌가?

"어린애?"

— 어. 계속 네 옆에서 형님이라고 부르는데?

형님.

화들짝 놀란 재영이 뒤를 홱 돌았다. 하지만 아무도 없었다. 싸늘한 바람만 먼지바람을 일으키며 지나갈 뿐이다. 갑자기 가슴이 답답해지더니 심장이 쿵쿵 뛰었다. 어디서 시작됐는지도 모를 소름이 전신을 달렸다. 아무도 없는 공간이 엄청나게 의식되기 시작했다. 심장은 너무 뛰어서 터질 것 같았다. 축축해진 손바닥은 계속해서 바람에 차게 식어갔다.

─ 여보세요? 재영아.

"어……, 응."

─ 왜 그래? 무슨 일 있어?

"아니……. 그냥 잠깐 다른 생각 했어."

─ 아까 그 사람들은 다 갔고?

"사람들? 누구?"

─ 누구긴. 네 주변에 있던 사람들 말이야.

섬뜩한 통증이 심장을 꿰뚫었다. 눈앞이 어질어질해지는 것 같았다. 눈에 보이지 않는 사람들에 관한 이야기는 더 듣고 싶지 않았다. 하지만 아주 작은 호기심이 강력한 힘을 발휘했다. 도무지 거스를 수 없을 것 같은 기분이었다.

"성현아, 아까 진짜 사람들 목소리가 들렸어?"

─ ……너 지금 혼자야?

"거짓말하지 말고, 솔직하게 말해봐. 아까 한 말, 그냥 한 말 아니지? 정말 날 부르는 아이가 있었어?"

─ 모르겠어.

"뭐?"

─ 아깐 들었다고 생각했는데 아닌 것 같아. 내가 들었다던 아이 목소리도 여기서 들은 것 같고. 워낙 사람들이 많아서 소리도 뒤섞인 데다가 이틀을 밤새

왔더니 머리가 좀 이상해졌나 봐. 미안해. 네가 그런 얘기 싫어하는 거 알면서 잠시 잊었었어. 미안해.

뭔지 모르지만, 성현이 말을 돌리려 한다는 느낌이 강하게 들었다. 성현은 일부러 그런 말을 하며 사람들의 관심을 끄는 타입은 아니었다. 가끔 툭툭 던지는 말이 너무 진짜 같아서 믿지 않으려고 해도 믿을 수밖에 없었을 뿐이지.

사실 이번에도 아리송하다고 생각하며 그냥 넘겨 버렸어도 될 문제였다. 하지만 문제는 재영이 바로 어제 새벽에 기묘한 일을 겪었다는 거였다. 거기다 시골집으로 내려오면서 겪은 묘한 일들이 계속 마음에 걸렸다. 성현이 정말 특별한 능력이 있는 거라면, 그가 들은 것은 진짜일 것이다.

"말 돌리지 말고 솔직히 말해. 나도 짚이는 게 있어서 그래."

─ ……너 진짜 거기서 무슨 일 있었구나.

"그건 잘 모르겠어. 나도 잘 이해가 안 가서."

─ 일단 내일 내려갈게. 그러니까 내가 갈 때까지 엉뚱한 데 가지 말고, 슬프다고 정신 놓지 말고. 누가 부르면 대답하지 말고 따라가지도 마.

아무 일 아니라고 하더니 줄줄 쉴 새 없이 하는 말

이 심상치가 않다. 아니면 심리가 불안해진 탓에 의미를 붙여 심각하게 받아들인 것일지도 모르겠다. 재영은 점점 더 복잡해지는 머리를 흔들며 말했다.

"알았어. 너 근데 조금 전엔 잘못 들었다고 말했으면서, 그새 잊은 거야?"

— 안 잊었거든? 네가 한 말이 걸려서 그래. 어쨌든 함부로 나다니지 마.

진지한 경고에 피식 웃음이 흘렀다.

— 장난한 거 아니다, 이재영.

"됐어. 신경 쓰지 마. 나도 지금 할아버지 일로 좀 정신이 없어서 그런가 봐. 장례 다 치르고 올라가면 연락할게."

— 내일 내려간다니까?

"기껏 오프 받아놓고 여길 왜 와. 매일 피곤하다고 노래 부른 사람이 누군데? 괜히 왔다 갔다 돈, 시간 쓰지 말고 그냥 푹 쉬어. 내가 연락할게."

— 넌 너랑 친한 친구라고는 나 하나 있는데 그렇게 말하고 싶냐. 한 번도 뵌 적은 없지만, 그래도 네 할아버지 장례식인데 당연히 가봐야지. 근무 교대하면 바로 내려갈 테니까 기다려. 스케줄이 조금 꼬이긴 했는데, 근무 끝나고 바로 출발하면 아슬아슬하게 도착

할 수 있을 거야. 발인 전에 도착하면 좋을 텐데 그건 확신을 못 하겠어.

또 시작됐다. 저놈의 쇠고집. 재영이 한숨을 삼키자 무슨 말을 할 줄 안다는 듯이 성현이 먼저 선수를 쳤다.

─ 그럼 내일 봐. 나 들어간다.

"하……, 생각해 줘도."

피식 웃은 재영은 꺼진 액정을 내려다보다가 주머니에 넣었다. 싸늘한 바람이 스치고 간 목덜미를 손으로 문지르던 재영은 다시 안으로 발을 옮겼다. 끝까지 성현이 들었다던 목소리의 존재를 확인할 수는 없었다.

* * *

'형님, 어떠합니까?'

'아주 잘 만들었다.'

대견하다는 듯이 아이가 내민 연을 보는 시선은 다정했다. 아이도 옆에서 도와주는 사람 없이 혼자 처음 연을 만든 것이 만족스러웠는지 뿌듯한 표정이었다. 살을 똑바로 붙이는 것도 서툴러 울상이 되던 때가 엊그제 같은데 언제 이리 능숙해졌는지.

'글씨도 아주 반듯하니, 잘 썼구나. 몇 년만 지나면 조선 천지에 글씨로는 너와 견줄 사람이 없겠다.'

'너무 과찬이십니다.'

사양하면서도 내심 좋은지 아이의 입술이 내려올 줄 몰랐다.

"정말 훌륭하대도. 이젠 내가 도와주지 않아도 잘하겠구나."

웅얼거리던 재영은 눈을 끔벅거렸다. 눈앞에 깔린 어둠이 낯설어 선뜻 이해되지 않았다. 조금 전까지 해가 창창한 한낮이었는데 눈 깜짝할 사이에 밤이 되다니.

무슨 이런 조화가 다 있지.

거기다 아이와 나누었던 대화는 무엇이고.

당황해 누웠던 몸을 일으키자 싸늘한 한기가 몸을 감쌌다. 두 손으로 팔을 문지르자 이번엔 가슴이 답답해졌다. 갑자기 속이 울컥했다. 그리움, 애틋함, 자랑스러움. 아이를 향한 사랑스러움이 가슴에 퍼져나갔다.

하지만 애틋하던 감정은 금세 죄책감에 짓눌려 사라져버리고 말았다. 재영은 이루 말할 수 없는 괴로움에 떨며 몸을 웅크려 안았다. 밝았던 기억은 순식간에 어둠에 잡아먹혀 끝도 없는 나락으로 떨어져 갔다. 재영이 떨어질 가장 깊고 깊은 밑바닥을 차지한 것은 감히 헤쳐나갈 엄두도 낼 수 없을 정도로 거대한 두려움이었다.

5

장례 사흘째.

일이 조금 꼬였어. 말했던 시간보다 늦게 출발할 것 같아. 어쨌든 그래도 내려갈 거니까 혹시 장지에 안치하고서도 내가 도착하지 않았다고 혼자 올라가지 마.

꿈에서 깬 뒤 잠 못 이루다가 겨우 날이 밝을 즈음이 되어 잠들었다가 깨어보니 문자가 하나 들어와 있었다. 당연히 성현이었다. 성현 외에 연락하며 그럭저럭 잘 지내는 친구들은 모두 어제 조의금을 보내며 문자로 소식을 보낸 참이었다. 평일에다 편도로만 세 시간이 넘게 걸리는 거리를 달려오기에는 힘들었을 거다. 성현이 좀 특이한 것뿐이다.

대충 먹는 둥 마는 둥 하며 배를 채운 뒤에는 모두

모여 제사를 지냈다. 발인하기 전에 마지막으로 올리는 제사이기 때문인지 사람들의 표정이 한결 더 진지하고 우울했다.

정성 들여 제사를 지낸 후 남은 음식은 둘러앉아 조금씩 나눠 먹었다. 이번 제사가 몇 번째였더라. 하루에 두어 번 정도 지냈으니 이번이 여섯 번째던가. 아니면 다섯 번째던가. 시답잖은 생각을 하며 껍질을 깐 사과를 한입 베어 물자 시큼달콤한 맛이 혀에 감겼다.

음복을 마친 후엔 또다시 찾아오는 조문객을 맞았다. 장례 마지막 날이라 조문객이 그리 많지는 않았다. 그래도 가는 날까지 노인을 기억하고 기리기 위해 찾아오는 사람이 있다는 것이 외려 좋았다.

뭔가 여유로우면서도 정신없는 시간이 지났다. 절차에 따라 노인을 보내주어야 할 시간이 바로 코앞이었다.

이틀여 만에 보는 노인은 무척 평화로워 보였다. 비록 주름지고 쭈글쭈글했어도 생기가 남아있던 얼굴과는 무척 달라 보였다. 삼베옷을 입은 노인을 앞에 두고 두 번 곡하고 세 번 절했다. 가시는 길을 빌어주라기에 돌아가면서 노인에게 속마음을 전했다. 가시는 길 조심히 잘 가시라고, 좋은 곳에 가셔서 편히 쉬시라고 말하는 사람이 대부분이겠지.

그런데 재영은 무슨 말을 해야 할지 결정하지 못했다. 물론 좋은 곳에 가시길 바라기도 했다. 하지만 그것보다는 뭔가 더 할 말이 있는 것 같았다. 한 명씩 천천히 노인을 거쳐 돌아오고 드디어 재영의 차례가 되었다. 두근두근 뛰기 시작한 심장은 이제는 터질 것처럼 뛰어대고 있었다. 뭔지 모르게 노인에게 큰 죄를 지은 것 같았다. 재영은 머뭇거리며 뒤로, 뒤로 몸을 물리다가 마지막 순서가 되고서야 내키지 않는 발걸음을 옮겼다.

"이재영이라는 이름은 네가 건강하게 살라고 내가 준 것이란다."

언제인지 기억도 하지 못하는 과거의 노인이 재영에게 말했다. 재영은 알아듣지도 못하면서 노인이 손에 쥐여주는 사탕이 좋아 진지한 척 가만히 들었다.

"네 액(厄)은 내가 다 가져갈 테니, 넌 그저 건강하고 무탈하게만 크거라."

"그럼 재영이가 원래 할아버지 성함이에요?"

"어어, 하지만 이제는 네 이름이지. 할부지 이름이 마음에 안 들어?"

"아니에요, 좋아요! 할아버지는 엄청 용감하고 멋

지고 대단한 분이랬어요. 그래서 저도 좋아요."

재영은 고요하게 잠든 듯 누운 노인의 앞에 섰다. 생기가 없는 노인은 꼭 밀랍으로 만든 인형 같았다. 문득 그의 이마에 손을 가져다 대자 손바닥에 차갑고 기묘한 감촉이 느껴졌다.

"*내가 지켜주마.*"

"*할아버지.*"

재영은 입술을 꾹 닫았다. 그가 그 말대로 했는지는 모르겠다. 하지만 그가 제게 진심으로 마음을 쓴 것은 알고 있다. 그를 본 시간이 몇 년 되지 않는데도 그것만은 선명하게 기억했다. 점점 숨이 가빠졌다. 목이 갑갑해서 숨이 막히는 것 같았다.

"감사해요. 조심히, 안녕히 가세요."

겨우 한마디 하자 가슴이 무너져내리는 것 같았다.

* * *

"얘, 재영아. 네가 할아버지 사진 들고 제일 앞에 앉아."

운구차 앞에서 노인을 옮기는 걸 기다리는 동안 분주하게 다가온 둘째 고모가 영정 사진을 품에 안겼다. 재영은 떨어뜨릴까 봐 조심스럽게 사진을 끌어안 았다가 품에서 떼어냈다. 찍은 지 오래된 듯 색이 바랜 사진에는 지금보다 훨씬 젊은 시절의 노인이 있었다. 지금보다 주름도 옅었고 검버섯도 적었다. 굳은 표정이 었지만 옅은 미소도 떠올라 있었다. 노인은 늘 재영을 지켜볼 때면 인자한 표정으로 몇 발 떨어진 곳에 있고 는 했다. 사진 속 얼굴은 무서워 보였지만 실은 무척 다정했었다.

우왕좌왕하던 사람들이 죄다 올라타자 드디어 버 스가 움직이기 시작했다. 첫 목적지는 노인이 살던 시 골집이었다. 가시는 길에 생전에 살던 곳을 둘러보고 미련 없이 떠나시길 바라는 뜻에서 거치는 거라고 했 다. 재영은 품에 안은 사진을 꾹 움켜쥐며 눈 앞에 펼 쳐진 도로에서 눈을 떼지 않았다.

마을 입구에 도착해 내려선 줄지어 집 안으로 들 어갔다. 가장 앞에 선 재영은 담담한 표정으로 계속해 서 발을 움직였다. 마당에 들어서서 장례지도사가 뭔 가 하는 동안 재영의 시선이 천천히 집 안을 훑었다. 사실 너무 오래전이고 어릴 때 일이라 추억이라고 떠 올릴만한 것이 많지 않았다.

기억 대부분을 차지하는 것은 여기저기 기웃거리

며 소심하게 호기심을 채우는 자신과 그 뒤를 종종걸음으로 뒤쫓으며 다칠까 안달하던 할아버지와 할머니의 모습이었다. 뭐가 그렇게 신기했던지 마당 한쪽에 만든 텃밭에 심은 작물까지 일일이 물어보고서야 만족하던 재영이었으니, 두 노인이 재영을 쫓아다니는 게 여간 힘든 게 아니었을 거다.

그때는 제 호기심만 채우기 바빠 두 분을 생각하지도 못했다. 그것을 너무 늦게 깨달아 한 분은 감사 인사를 드리지도 못한 채 떠나보냈고, 한 분은 겨우 인사만 한 채로 떠나보냈다.

"자, 이제 고개 숙이고 곡을 합니다."

장례지도사의 말이 떨어지기 무섭게 사람들이 고개를 숙였다. 아이고, 아이고. 담담하게 시작한 누군가의 곡소리를 시작으로 하나, 둘 각기 다른 곡소리가 섞여들기 시작했다. 누군가는 높은 목소리로 울 듯이 곡하고, 누구는 담담한 목소리로 끊어질 듯 끊어지지 않는 곡을 했다. 재영은 사진을 꽉 움켜쥔 채 고개만 숙였다. 사방에서 들려온 곡소리가 계속해서 가슴을 두드렸다.

아이고, 아이고, 아이고.
아이고, 아이고, 아이고.

곡소리가 이어질수록 코끝이 점점 더 시큰해졌다. 따라 곡하려고 입술을 열었지만, 꾹 닫고 말았다. 눈물이 핑 돌아 눈앞이 흐릿해졌다. 입술 사이로 흐느낌이 새어 나와 꾹 눌러 참자 이번엔 가슴이 무너진다.

형님.

눈물을 쏟다가 부르는 소리에 눈을 떴다. 재영은 제 앞에 나란히 선 지저분한 버선발을 발견했다. 소스라치게 놀라 눈을 번쩍 뜨자 순식간에 버선발이 사라졌다. 당황해 주변을 두리번거리며 버선발의 주인을 찾아보지만, 고요하게 가라앉은 풍경만 눈에 들어올 뿐이다. 심장이 졸아들고 등 뒤로 식은땀이 흘렀다. 을씨년스러운 하늘 아래 어디선가 흘러온 희뿌연 연기가 시골집 지붕을 느리게 훑고 멀어져갔다.

형님. 그리 슬프십니까.

흠칫 놀라 시선을 내리자 텅 빈 곳에 마치 눈에 보이지 않는 뭔가가 서 있는 것처럼 느껴졌다.

* * *

장지(葬地)에 도착했을 때 사람들은 이제 제법 편안해 보였다. 차를 타고 이동할 때는 전혀 아무렇지 않아 보이던 둘째 고모가 파놓은 구덩이를 본 순간부터 울음을 터트린 것 빼고는 분위기는 꽤 평온했다.

하지만 그것도 잠시, 제를 지내고 관을 구덩이에 내려놓는 순간 여기저기서 서러운 울음이 터져 나왔다. 장례식을 치르는 내내 눈물 한 번 보인 적 없던 부친도 슬며시 눈물을 훔쳤다. 그 속에서 재영은 까마득하게 내려앉는 마음을 느끼며 침울한 표정으로 시선을 내렸다. 하늘은 맑고 화창한데 그 아래 선 재영의 주변엔 온통 질척한 비애뿐이다.

구덩이 안에 내려놓은 관 위에 그의 안녕을 기리며 흙을 퍼 흩뿌리며 또다시 울음이 터져 나왔다. 오래도록 병치레하며 시들어가는 노인을 지켜보았다고 해도 막상 그가 살아있는 것과 떠난 것은 천지 차이였다. 각오했다고 하더라도 부모를 보낸 슬픔이 아무렇지 않은 것은 아닐 테니까.

마지막으로 봉분을 다진 묘 앞에서 간단히 제를 올리며 짧은 송별을 마무리했다. 정말 마지막이라는 사실이 사무쳐 잠시 멈추었던 눈물이 다시 흘렀다. 사람들은 각자 자신이 선 자리에서 움직일 줄 몰랐다. 서럽게 흐느끼며 노인을 부르던 둘째 고모는 몸을 가누지 못해 둘째 고모부에게 기대 있었다. 착잡한 표정으로 묘 주변을 서성이던 부친과 숙부들은 아쉬운 듯 계속해서 돌아보거나 주변을 맴돌았다. 재영은 노인의 이름을 새긴 대리석 비석을 바라보며 영정 사진을 꽉 움켜쥐었다.

"자, 이제 다 돌아가셔도 됩니다. 나머지 작업은 저희가 할 테니 마음 놓고 돌아가세요."

붙박인 듯 움직이지 못하던 사람들은 그 말이 신호라도 된 듯 하나둘 선 자리에서 발길을 돌리기 시작했다. 울어서 비틀거리는 둘째 고모는 남편의 손에 기댄 채 느릿느릿하게 걸음을 옮겼다.

재영은 천천히 돌아서는 사람들을 모두 지켜보다가 마지막으로 돌아섰다. 어쩐지 노인을 두고 돌아서는 것이 편치 않아 발길이 떨어지질 않았다. 몇 걸음 걷다가 돌아보고 멈춰서 돌아보길 반복하다가 다시 발을 움직였다. 발길이 떨어지지 않아 뭉그적거리다가 마지막으로 돌아보았을 때, 재영은 믿을 수 없는 풍경에 몸이 굳고 말았다. 노인을 묻은 봉분 위를 조그만 아이가 폴짝폴짝 뛰고 있었다. 봉분은 아이가 뛰었다가 내려설 때마다 무거운 추로 내려치듯이 쿵, 쿵 울리며 움푹움푹 내려앉았다.

꼴 좋다, 꼴 좋아! 그리 오랫동안 방해만 해대더니

아주 잘 죽었다!

 한 자, 한 자 씹어뱉듯 말하던 목소리가 점점 더 음울해졌다. 황당하고 어처구니가 없어 몸을 돌리자, 신이 난 표정으로 뛰던 아이가 멈칫했다. 번뜩이는 눈이 희번덕거렸다. 섬뜩한 전율이 등골을 타고 흘렀다. 한계치를 초월한 희열은 광기와 똑 닮았다.

 형님, 드디어 우리의 시간이 도래했어요. 이제 우리를 막을 사람은 아무도 없답니다.

 "뭐……!"

 환하게 웃는 입술 끝이 얼굴을 반으로 갈라버릴 듯이 길게 찢어졌다.

 어찌 저를 그리 잊으셨냐고 원망하고 싶지만 괜찮답니다.

 무거워진 목소리가 가슴을 짓눌렀다. 숨이 쉬어지질 않는다.

 "재영아."

 "뭐, 네?"

 당황해 돌아보자 눈가와 코끝이 빨갛게 된 막내 고모가 잡았던 팔을 놓았다.

 "아까 우리가 타고 왔던 차는 벌써 내려갔대. 넌 우리 차 타고 내려가야 할 것 같아. 가자."

"네……."

혹시 그녀도 보았을까 싶어 슬쩍 돌아보았다. 황당하게도 아이의 모습은 온데간데없었다. 너무 어이가 없어 하마터면 웃어버릴 뻔했다. 재영은 고개를 흔들며 몸을 돌렸다. 그러자 바로 눈앞에 아이가 서 있었다. 재영의 허리에도 못 미칠 정도로 작고 왜소한 아이는 오랫동안 씻지 않은 듯 몰골이 꾀죄죄했다. 거기다 겨울인데도 신발 하나는 어디서 잃어버렸는지 헌 고무신은 한쪽밖에 신지 않았다. 천천히 모습을 살피자 무표정하던 얼굴이 방싯 웃었다. 심장이 떨어졌다. 두려운 것을 맞닥뜨린 것처럼 쿵쿵쿵 소리 높여 뛰기 시작했다. 재영은 본능적으로 눈앞에 선 아이가 며칠 동안 제 주변에서 일어난 기이한 일의 주범이라는 것을 알아챘다.

"어디서 왔어? 너, 누구야?"

환하게 웃던 얼굴이 순식간에 시들어 표정이 사라졌다. 그러더니 흉흉한 눈으로 재영을 노려보기 시작했다. 아이의 시선이 섬뜩한 칼날이 되어 온몸에 꽂히는 것 같았다. 흠칫 놀라 저도 모르게 한발 뒤로 물러났다. 아이는 그 자리에 못 박힌 듯 서서 노려보았다.

"재영아, 빨리 와!"

"네? 잠시만요! 여기, 어?"

모든 게 어리둥절했다. 아주 잠깐의 시간이었다. 막내 고모가 부르는 소리에 대답하며 눈 한번 깜박인 게 전부인 아주 짧은 시간 말이다. 그 찰나의 순간에 사라지다니. 이해할 수가 없어 자꾸만 멍청한 표정으로 주변만 둘러본다.

"재영아. 이제 가야지."

어느새 돌아온 막내 고모가 팔을 붙잡았다. 그녀의 눈엔 안쓰러운 기색이 가득했다. 아마 노인을 두고 발길이 떨어지지 않아 머뭇거린다고 생각했을지도 모르겠다. 거짓은 아니었지만, 재영의 발을 붙잡은 것은 기이한 아이였다. 재영은 뒤쪽의 봉분을 돌아보았다가 봉분 주변의 땅을 다지며 쳐다보는 인부와 눈이 마주쳤다. 놀라 속이 뜨끔해 시선을 돌리자 애처로운 미소를 띤 그녀가 등을 툭툭 두들겼다.

"넌 언제 올라가?"

덜컹거리는 차에 억지로 궁둥이를 붙이고 있던 재영은 불쑥 날아든 질문에 고개를 돌렸다. 비쩍 마른 체구의 약간 정수리가 허전해지기 시작하는 사람은 막내 고모부였다.

"오후에 가려고요."

"막차 타고 가게?"

"아, 아니……."

"셋째가 오후에 올라간다니까 태워달라고 해. 막차 시간 얼마 안 남았지? 바쁘게 움직이는 것보다는 그게 더 나을 거야."

느릿하게 산길을 내려가는 차창 밖으로 허름한 차림을 한 남자 여럿이 지나갔다. 그들은 모두 바삐 뭔가를 찾는 듯 주변을 두리번거리며 큰소리로 외쳐 불렀다. 분란한 사람들을 따라 시선을 뒤로 옮기던 재영은 하나같이 상투를 튼 머리를 바라보며 뒤늦게 대답했다.

"괜찮아요."

"왜? 가다가 대구 버스정류장에서 내려달라고 해. 거긴 밤늦게까지 버스 있어서 편할 텐데."

"지금 친구가 오고 있어서요."

막내 고모부가 의외라는 듯이 재영을 돌아보았다.

"친구가 와? 장례식 때문인가 보네."

"네. 얘기 듣고 내려온다더라고요. 일 끝나고 오는 거라 시간이 좀 걸리는가 봐요. 조금 후에 도착하면 같이 올라가려고요."

"다 끝나고 와서 뭐 하게. 오지 말라고 미리 말하

지 그랬어."

"그러게요. 그럴 걸 그랬네요."

"생각해서 온다는 사람한테 왜 그런 말을 해. 그래도 여기까지 와주는 게 고맙잖아."

막내 고모가 한 말 한마디에 밉살스럽게 굴던 막내 고모부가 입을 다물었다. 재영은 한결 편해진 표정으로 창밖으로 고개를 돌렸다. 창밖에는 아까 지나쳐 갔던 사람들과 비슷한 차림을 한 장정 여럿이 서로 손짓하며 사방으로 흩어지고 있었다.

하나같이 하얗게 질린 얼굴에는 두려움과 걱정이 가득했다. 재영이 자신들보다 먼저 윤형을 찾아낼까 봐.

6

집에 돌아오자 마당 한쪽에서 막내 삼촌이 아는 척했다. 그는 장지에서 미처 다 태우지 못한 장례복을 태우고 있었다. 그 탓인지 온몸에서 타는 냄새가 진동했다. 팔에 코를 박고 킁킁거리다가 폐부가 타들어 가는 고통에 화들짝 놀라 재영이 팔을 떨쳐냈다.

"거기서 뭐 해? 들어오지 않고."

몸을 가누지 못할 정도로 흐느끼던 둘째 고모는 진정됐는지 담담한 얼굴이었다. 여기저기에 들어찬 사람들을 보고 있자니 어색해졌다. 어렸을 적에 명절마다 보던 풍경이었기 때문이다. 그땐 늘 방에 사람이 꽉 들어차서 마당에 나와 있는 게 편할 정도였다. 어색해서 마당에서 서성대면 안쓰럽게 본 할아버지나 할머니가 다가와 바구니를 쥐여주며 텃밭으로 데려가고는 했다.

 추억을 따라 시선을 돌린 곳에 있어야 할 것이 없었다. 시선이 멈춘 곳에는 할머니의 자랑이자 소소한 일거리였던 텃밭이 있었다. 하지만 할머니가 돌아가신 후부터 이상하게 작물이 잘 자라지 않아 결국 땅을 엎어버렸다고 했다. 그래서인지 묘하게 집이 휑했다. 노인이 쓰러진 후부터 숙부와 숙모들이 주말마다 돌아가며 들렀고 부친도 늘 곁에 있었지만, 예전에 노인이 집을 손보고 돌보던 것과는 사뭇 분위기가 달랐다. 뭔가 더 어지럽고 낡은 느낌이었다. 그런데도 노인의 흔적이 느껴진다면 너무 감정적인 감상일까.

 "재영아, 들어와서 커피 한잔해."
 "괜찮아요."
 "그럼 과일이라도 줄까?"

"아니에요. 배 안 고파요. 전 괜찮으니까 신경 쓰지 말고 드세요."

몇 번 이어진 권유를 거절하고 걸음을 옮기던 재영은 한발 먼저 윗방으로 들어가는 인영을 발견했다. 갑자기 오갈 데 없는 신세처럼 느껴져 망설이다가 아궁이로 방향을 바꾸었다. 여기저기 들어찬 사람들 사이에 있는 것이 곤욕스러웠기 때문이다. 오랫동안 보지 못했다는 핑계로 이것저것 사생활을 캐묻는 것도 질색이었다. 그래서 뭔가 하면서 혼자 있을 곳으로는 아궁이 앞이 최고였다. 방바닥이 냉골이라 불을 땐다고 핑계 대는 것만큼 좋은 변명이 없을 테니까. 거기다가 따뜻한 불을 쬐며 멍 때리기 좋은 것은 덤이었다.

아궁이 앞에 자리를 잡은 재영은 한구석에 치워두었던 목침을 가져와 의자 대신 깔고 앉았다. 이틀 전에 부친이 모아온 잔 나뭇가지며 나뭇잎을 한 움큼 주워 들고 아궁이 입구에 수북이 쌓았다. 반쯤 쓴 성냥 통에서 꺼낸 성냥은 어쩐 일인지 단박에 불이 붙지 않고 계속해서 연기만 피워올렸다. 겨울엔 건조하니 습기 때문이라고 말하기도 애매했다.

어리둥절해 통을 이리저리 돌려가며 살피던 중에 이십 년은 더 지난 제조 일자가 눈에 들어왔다. 너무 오래되어 불이 잘 붙지 않았던 건가. 생각해보니 할머니가 새로 산 성냥 통을 꺼냈을 때 보았던 것 같기도 하다. 만약 그때 쓰던 것이 맞는다면 최소 이십 년이다. 사실 그동안 다 쓰고 새것을 사 왔다고 하는 게 더 신빙성이 있겠지마는, 그때 쓰던 것과 똑같은 성냥 통이라고 생각하고 싶었다. 조그만 성냥 통에도 묻은 추억이 있기 때문이었다.

결국, 몇 개나 부러뜨리고 실패한 끝에 겨우 불이 붙은 성냥을 나뭇잎 아래에 대고 입김을 불었다. 꺼지지 않게 살살 세기를 조절하며 바람을 불어넣자 처음엔 회색 연기만 피워올리던 나뭇잎이 활활 타들어 가기 시작했다. 재영은 재빨리 조금 더 끌어모은 나뭇잎과 잔가지를 불씨 위에 쌓았다. 연료를 공급해주자 흥이 난 듯 불씨가 화르르 타오르기 시작했다.

주먹만 한 크기의 불덩어리를 아궁이 안에 쌓아둔 나뭇가지 아래로 밀어 넣었다. 불이 잘 옮겨붙으라고 마른 나뭇잎과 잔가지를 조금씩 던져넣으며 바람도 불어넣었다. 정성스럽게 돌본 탓인지 잠시 사그라졌던 불길이 나뭇가지에 옮겨붙으며 다시 거세게 타오르기 시작했다. 재영은 계속해서 조금씩 마른 나뭇잎을 집어넣으며 나뭇가지를 살짝 들어 공기가 통하게 조절했다.

얼마나 집중했을까. 제법 거세게 타오르는 불길이 만족스러웠다.

타닥거리며 나뭇가지가 타올랐다. 그 소리에 조금씩 부산스러운 인기척이 뒤섞이기 시작했다.

'대감마님께서 찾으시는데 어디 있담. 아유, 어찌 이리 사람 속을 썩이는지 모르겠네.'

'애저녁에 지학(志學)도 넘긴 양반이 왜 이리 철없이 행동하는가 몰라. 배운 것 없이 자라 그런가, 가끔 보면 우리랑 다를 바 없다니까. 아무리 양반 핏줄을 타고나면 뭐 해.'

'그러니까. 비단옷 입고 서당에서 글 좀 읽는다고 자기가 진짜라도 된 줄 안다니까.'

'그게 어리석은 일 아니겠어? 어차피 친자도 아니고 그저 잠시 맡은 것뿐인데, 여기서 발이라도 붙이고 살려면 알아서 처신을 잘해야지. 여기 온 지가 언젠데 저리 천방지축으로 군다니. 과거에 급제라도 하지 않으면 대감마님 은혜나 갚을 수 있을 줄 아나.'

'저리 못난 사람인 줄 모르고 도련님은 그리 잘하시는데 어쩌니.'

'그냥 두어. 그러다 본색이 드러나면 쫓겨나겠지.

그때가 돼서 후회한들 무슨 소용이겠냐마는, 우리하고는 상관없는 일 아니겠어.'

비난 섞인 목소리가 가슴을 들이쑤셨다. 한숨이 섞인 염려에는 진심이 담겨 있었지만, 자신을 향한 것은 아니었다. 한시도 잊은 적 없던 부채감이 가슴을 짓눌렀다.

한숨을 집어삼키며 눈을 깜박이자 공기가 바뀌었다. 도란거리는 목소리는 사라지고 이름 모를 새소리가 주변을 채웠다. 재영은 어리둥절해져 고개를 돌렸다가 통화하며 마당 밖으로 나가는 부친의 모습을 발견했다. 방금 들었던 목소리가 진짜인지 확인하려고 마당까지 걸어 나갔지만, 찾지 못했다.

눈이 따끔따끔했다. 눈을 깜박일 때마다 어둠과 빛이 교대로 마당을 물들였다. 눈이 이상한 것 같아 손으로 문질렀다. 재가 묻었는지 욱신거렸지만, 다행히 시야는 돌아왔다.

재영은 마당으로 나온 소득도 없이 아궁이 앞으로 돌아가 목침 위에 궁둥이를 붙이고 앉았다. 활활 타오르던 불길이 이리저리 춤을 추는 모습을 빤히 바라보며 불쏘시개로 들쑤시자 빨간 잔 불씨가 파라락 피어올랐다가 사라졌다.

나뭇잎이 불타며 먼지와 흙냄새가 한차례 일어났다가 흐릿해지더니 묘하게도 어디선가 달콤하고 구수한 고구마 익는 냄새가 났다.

'형님! 여기 계셨습니까? 한참 찾았습니다. 같이 정월대보름에 날릴 액연을 만들기로 하지 않았습니까.'
'그랬지. 내 잊지 않았단다.'
'그러시면서 어찌 이곳에 숨어 계세요.'
'숨지 않았다. 네게 주고 싶은 것이 있어 잠시 아궁이를 빌리고 있었을 뿐이야.'
'이렇게 꼭꼭 숨어 계셨으면서요? 전 형님께서 저와 연 만드는 게 싫어 숨으신 거라고만 생각했습니다.'

시무룩해진 얼굴은 금방이라도 눈물을 떨어뜨릴 것 같은 표정이었다. 아이가 우는 것은 내키지 않았기에 조그만 손을 끌어다 옆에 앉혔다.

'싫어할 리가 있겠니. 싫지 않다. 그보다 여기 앉아 보아라. 네게 주고 싶은 것이 있다고 했지?'
'예. 무엇을 주시려고요?'

아이가 금세 밝아진 얼굴로 눈을 초롱초롱하게 떴다. 호기심이 많은 성격이라 다행이다. 조금만 관심을 뺏을 것을 던져주면 금세 나빴던 일은 잊고 빠져드니 말이다.

'잘 보아라.'

아이에게 단단히 이르고 새카맣게 죽은 나무토막을 뒤집자 벌겋게 살아나 다시 불꽃을 피운다. 그 속을 헤집어 주먹만 한 새카만 덩어리를 굴려 꺼내자 아이가 동그란 눈으로 고개를 쑥 뺀다.

'이것이 무엇입니까?'

'고구마를 구웠단다. 혹여 먹어본 적이 있더냐?'

아이가 고개를 저었다. 땅바닥에서 약간 길쭉하면서 통통한 놈을 골라 손에서 굴리자 아이의 시선이 바쁘게 움직였다.

'바닥에 떨어진 것을 먹습니까? 새카맣게 탔는데요?'

'하지만 껍질을 벗기면 아주 맛있는 속살이 나타난단다. 한 입 베어 물면 혀가 아릴 정도로 달콤해서 다 먹을 때까지 멈출 수가 없지.'

'그리 맛납니까?'

아이의 물음에 대답 대신 껍질을 까 속살을 보여주었다. 껍질을 까기 전에도 은은하게 맡아지던 단내가 껍질을 벗기자 농밀해져서는 순식간에 확 퍼졌다.

침이 꼴깍 넘어갈 정도로 달고 식욕을 자극하는 냄새였다. 이미 맛을 아는 자신뿐만 아니라 잘 모른다던 아이까지 노오랗게 익은 고구마에서 눈을 떼지 못했다. 침을 꼴깍 삼킨 아이가 한층 더 반짝이는 눈으로 돌아보았다. 뽀얀 연기가 피어오르는 것을 후후 불어 식힌 뒤 내밀자 아이의 표정이 환해졌다.

'데지 않도록 조심하거라. 불에 들어갔다 온 것이라 아주 뜨겁단다.'

조심스럽게 두 손으로 받은 아이가 크게 한입 베어 물려다가 입을 데 호들갑을 떨었다. 몇 번 더 바람을 불어 식히고 욕심을 줄여 조그맣게 베어 문 아이가 몇 번 씹다가 입을 쩍 벌렸다. 그 모습이 귀여워 절로 웃음이 입에 걸렸다. 먼저 떠난 누이동생도 고구마를 구워주면 저런 표정으로 오라비가 최고라며 추켜세웠다.

'입에 맞니?'

'맛있어요! 형님께서 말씀하신 대로 달콤해서 한입에 다 먹을 수도 있을 것 같아요.'

'그리하다 또 입을 데려고?'

'그 정도로 맛있다는 것이지요.'

'입에 맞으니 되었다. 천천히 먹으렴. 여기 있는 전

부 네게 주마.'

두 손으로 공손하게 고구마를 붙잡고 웃던 아이가 조금 더 궁둥이를 붙여왔다.

'이건 어떻게 만드신 겁니까? 제게도 알려주세요. 그럼 형님께서 과거를 보러 가시고 안 계실 때나 형님께 해드리고 싶을 때 저도 할 수 있지 않겠습니까.'

생각이 기특해 웃어 보이자 마주 웃은 아이가 고구마를 후후 불어 크게 베어 물었다.

'여기, 쌓인 숯과 나뭇가지들이 보이지? 불을 땐다고 해서 모두 불타 사라지는 건 아니란다. 이렇게 새카맣게 타다 숯이 되는 것들도 있고 바스러져 재가 된 것들도 있지. 이것들 사이에 고구마를 깊게 묻는 것이란다. 그리고 일각에서 이각 정도 지난 뒤에 꺼내면 돼. 만약 눌러보아 딱딱하다면 다시 묻었다가 시간이 흐른 뒤에 꺼내면 되고. 단, 너무 뜨거운 곳에 묻으면 새카맣게 타서 숯덩이가 되어버리니 조심해야 해.'

'와……. 형님은 어찌 그런 걸 그리 잘 아십니까? 저는 정말 아무것도 몰랐습니다.'

입가에 검댕을 묻힌 아이가 시무룩한 표정이 되었다. 사실 아이가 고구마 굽는 방법이나 맛있는 고구마를 골라내는 법, 고구마를 먹을 수 있는지 없는지 같은 것들을 알 필요는 없었다. 그에게는 이것이 아니어도 많은 것이 있었고 앞으로도 더 좋은 것을 많이 가질 것이기 때문이다. 고구마를 굽는 방법은 아이가 알 필요 없는 것이었다. 알려고 할 필요도 없었다. 하지만 알려주고 싶었다. 아이가 원래 타고나 가질 것 외에도 많은 것이 있다는 것을.

'이제 알았으니 되지 않았니. 다음에도 네가 먹고 싶다고 하면 구워주마.'

얼굴에 묻은 검댕을 털어주자 순진한 표정으로 웃은 아이가 얌전히 대답하며 웃었다. 밝은 표정으로 웃는 아이의 얼굴에 누이동생의 얼굴이 겹쳐 보였다. 병이 들기 전의 누이동생은 아이처럼 밝고 천진난만했다. 늘 큰소리가 끊이지 않는 집인데도 누이동생은 밝았다. 그 환한 얼굴에 위안받아 버틸 힘을 얻을 수 있었을 정도로 곱고 밝았다.

'천천히 먹거라. 다 먹을 때까지 나도 여기 있으마.'

'세상에, 광에 또 누가 들었다 나간 흔적이 있던데 요즘 왜 그러는지 모르겠네. 어디서 흉흉한 좀도둑이 들어서는, 에구머니나! 도련님.'

투덜대며 들어오던 여종이 고개를 조아렸다. 그가 말하던 좀도둑이란 자신을 말하는 모양이다.

'잠시 요기할 것으로 고구마가 생각나 몇 개 가지고 왔는데, 미안하네.'

'아닙니다! 제가 실수한 것이니 부디 용서해주십시오.'

'내 잘못이니 누가 무어라 하거든 내가 얘기할 테니 걱정하지 말게.'

'아닙니다, 도련님. 쇤네가 입방정을 떨었습니다. 누가 찾거든 도련님께서 쓰셨다, 그리 고하겠습니다. 한데, 도련님.'

사정하던 말투는 어느새 변해 있었다. 숙였던 고개도 제자리로 돌아와 꼿꼿하게 서서 내려다보고 있었다.

'혹여 필요한 것이 있다면 저희에게 말씀을 해주셔요. 직접 광에 들어가지는 마시고요.'

'그리하겠네. 미안하네.'

'어찌 제게 그런 말씀을 하십니까. 전 단지 오해를 사실까 염려돼 드리는 말씀입니다.'

'그래, 무슨 뜻인지 아네. 그래도 마음 쓰게 해서 미안하네.'

'예.'

당당한 대꾸에 웃음이 흘렀다. 묘한 분위기를 이해

하지 못한 아이가 어리둥절한 표정을 지었다. 여종이 나간 뒤 들떴던 공기는 착 가라앉아 조금 전 같은 흥분은 찾아볼 수 없었다. 괜히 아이가 제 탓을 하기 전에 다른 말로 둘러대고 방으로 돌려보냈다.

바닥에 남은 고구마 껍질이며 잿가루는 발로 모아 모두 아궁이 안으로 밀어 넣었다. 열기에 새카맣게 타 들어 가는 껍질을 바라보며 몸을 일으키자 잠시나마 가벼워졌던 가슴이 다시 답답해졌다.

문득 손이 달달 떨렸다. 손에 쥔 불쏘시개가 바닥으로 떨어져 내렸다.

땡그랑.

묵직한 쇳소리에 흐릿해졌던 정신이 돌아왔다. 눈을 깜박이며 내려다보자 깨끗한 흙바닥이 눈에 들어왔다. 재영은 진지한 표정으로 주저앉아 불꽃이 꺼진 재를 뒤적였다. 하지만 아무리 뒤적여도 고구마 껍질 같은 건 나오지 않았다.

"아……, 뭐였지."

혼잣말을 중얼거리자 머리가 지끈지끈했다. 갑자기 몸이 축축 늘어졌다. 피로가 한꺼번에 밀려온 탓이라고 하기에는 찰나에 일어난 변화가 너무나 급작스러웠다. 재영은 따끔따끔하고 묵직한 눈꺼풀 위를 문지르며 일어났다.

"재영아, 어디가?"

'그리하고 어딜 가니.'

뒤를 돌자 동그란 막내 고모의 얼굴이 쪽을 진 단아한 얼굴로 변하기 시작했다.

'날이 찬데 어찌 그리 준비도 없이 나가려는 게야.'

걱정 가득한 얼굴은 몇 해 전에 돌아가신 모친을 닮은 것 같기도 했다. 재영은 눈을 끔벅거리다가 입을 열었다. 머리가 무거워 도저히 견딜 수가 없었다.

"바람을 좀 쐬고 오려고요."

'속이 답답해?'

'아닙니다. 그저 서책을 읽다가 잠시 정신이 흐트러진 것 같아서요. 그 때문에 일부러 옷도 차려입지 않았으니 염려 마세요. 사색할 땐 조금 추운 것이 도움이 됩니다.'

변명이라는 걸 그녀가 모르길 바랐다. 허술하게 굴었다가 속마음을 들키는 것만큼 볼썽사나운 일은 없을 테니까. 그런 제 마음도 모르고 그녀는 자애로운 표정으로 대답했다.

'그래, 네가 그렇다면 그런 것이겠지. 하지만 너무 오래 있지는 말거라. 고뿔이라도 걸리면 어쩌니.'

'조심하겠습니다.'

'그래, 조심해서 다녀오너라.'

공손히 인사하고 돌아서자 가슴 속이 어지러웠다. 죄책감, 비참함, 온갖 것이 죄다 섞여 어지럽게 휘돌았다.

'내가 너를 맡기로 하였다. 이제부터 너는 내 아들이다. 그리 생각하고 너를 돌볼 것이니 너는 아무 심려치 말고 편히 지내거라.'

다정한 표정으로 말하던 얼굴이 떠올랐다가 사라졌다. 어쩌면 그들이 보인 호의는 그 말처럼 순수한 진실뿐인지도 몰랐다. 하지만 비뚤어진 제 마음이 그대로 받아들이지 못했다.

'그 도령이 오고 나선 어째 자꾸 곳간에 쌀이 비는 거 같아.'

'혹시 뒤로 빼돌리는 거 아닐까? 아니면 아비한테 직접 열어줬거나.'

오가는 말소리에 걸음이 멈추었다. 어째서 듣고 싶지 않은 말은 늘 제 귀에 먼저 들어오는 것일까.

'그 집이 좀 어려웠대? 아비가 도박에 미쳐서 밖으로 나도는 동안 누이동생은 굶어 죽었다잖아. 어미는 누이동생 살리겠다고 다리 살을 베어다가 국 끓여 먹였다는데, 어찌 사람이 그런 짓을 해. 아무리 흉년이 들었다지만, 사람의 도리로 그건 아니지.'

'아이, 끔찍한 소리 그만해. 사연이 너무 흉흉하잖아. 세상에! 그런 집에서 자란 사람을 뭘 믿고 아들 삼겠다고 데려오신 건지. 대감마님이나 마님이나 사람이 너무 좋아 탈이라니까.'

'그러니까 말이야. 얘, 혹시 그거 들었니? 그 도령 아비가 도령을 보내는 대가로 쌀 서 말을 달라고 한 거.'

'뭐어? 쌀 서 말? 세 가마니도 아니고? 세상에나, 아들을 팔아넘기면서 쌀 서 말이 뭐니. 나라면 더 불렀겠다.'

'어찌 되었든지 우리 도련님께 해코지나 안 하면 좋겠다. 아유, 어쩌겠어. 우리가 잘 지켜봐야지.'

'아무렴. 그래야지.'

한숨이 실린 목소리가 멀어져갔다. 얼굴이 화끈거렸다. 머릿속이 부글부글 끓어 눈앞이 흐릿해졌다가 돌아왔다. 수치심과 모멸감에 온몸이 떨렸지만, 할 말이 없었다. 그들이 한 말 중에 틀린 말이 하나도 없었다. 도박에 미친 부친이 세간살이를 죄다 쓸어간 것도, 삯바느질과 품앗이로 겨우 끼니를 해결하던 것도, 한창 커갈 누이동생이 처참한 몰골로 죽은 것도 모두 사실이었다. 그래서 그들이 자신을 의심하는 것도 어쩌면 당연한 일일지도 몰랐다. 그나마 버림받았다고는 말하지 않아 다행이던가. 애써 마음을 달래보지만, 곧 씁쓸한 웃음이 입가에 걸렸다. 팔았다는 것이 버림받은 것보다 훨씬 더 비참한 일이지 않은가. 그렇게 생각하자 그저 웃음만 흘렀다.

"하하."

걷다가 문득 발을 멈춘 재영은 뜨끈해진 눈가를 손으로 문질렀다. 화끈한 눈을 감았다가 뜨자 가장 먼저 보이는 것은 바른 지 오래되어 금이 간 콘크리트 벽이었다. 믿을 수 없어 눈을 끔벅이며 주변을 돌아보자 널찍한 마당과 돌을 쌓아 올려 만든 담장은 어디 가고 이끼와 곰팡이가 핀 기와지붕과 담벼락만 남았다.

어리둥절해져 몸을 홱 돌리자 멀찍이 시골집 지붕이 보였다. 알 수 없는 기분이 스멀거리며 밀려들었다. 가슴이 쿵쿵 뛰기 시작하더니 머릿속이 하얗게 바래기 시작했다. 식은땀이 흘러 손바닥이 축축해졌다. 순식간에 평정을 잃은 재영은 두려움에 질려 몸을 돌리려고 했다. 하지만 몸을 반쯤 돌렸을 때, 환하던 시야가 어둠에 물들며 순식간에 풍경이 바뀌었다.

재영은 눈을 질끈 감았다. 눈에 보이는 모든 것이 이상했다. 환영인지 진짜인지 모를 것들이 너무나 많이 보였다가 사라졌다. 재영은 드디어 자신이 미쳐버렸다고 생각했다. 지금까지 겨우 버티던 뭔가가 무너져서 돌이킬 수 없게 되었다고. 그렇게 생각한 순간 시야 바깥으로 흐릿한 인영이 빠져나갔다. 깜짝 놀라 휙 돌아보자 부지런히 움직인 인영이 담벼락 너머로 사라졌다.

본적이 있는 인영이었다. 조그만 몸집에 자기 몸집만 한 방패연을 든 댕기 머리를 한 아이. 그때 그 아이였다. 나무 위로 올려달라던 아이. 연을 날리고 싶다고 도와달라며 형님, 형님 하던 아이. 어딜 가든지 끈질기게 따라붙던 아이. 구운 고구마를 손에 들고 자신을 추켜세우며 웃던 아이. 기억하는 줄도 몰랐던 사실을 하나씩 깨달을 때마다 머릿속이 어질어질했다. 비틀거리던 재영은 앞으로 발을 내디뎠다.

'이 시간에 어딜 가는 게야. 날이 밝으면 같이 가재도.'

조그만 몸집이 사라진 방향으로 열심히 걷던 재영은 멈칫했다. 아이가 사라진 방향에서 뭔가가 움직이는 걸 발견한 탓이다. 문득 여종이 모여서 나누던 잡담이 떠올랐다. 설마 이 시간에 도둑질하려고? 말도 안 된다고 생각했지만, 아예 말이 안 되는 일도 아니라 멈췄던 걸음을 바삐 옮겼다.

담벼락을 따라 빠르게 돌아나가자 텅 빈 마당이 나타났다. 아직 깬 사람들이 많지 않아 인기척은 없다. 두 사람을 찾아 두리번거리던 재영은 재빨리 중문을 빠져나갔다. 저 멀리 작은 문으로 빠져나가는 댕기 머리가 보였다. 조그만 몸으로 언제 저기까지 갔는지. 평소 발이 빠르다며 칭찬했었건만, 이렇게 마음을 졸이게 될 줄은 몰랐다.

마음이 급해졌다. 어디론가 사라져버린 그의 행방을 찾는 것도 급했다. 거의 마당 중간까지 당도하고서는 갈등이 생겼다. 아이는 놓쳐도 찾아내기 어렵지 않을 터였다. 발이 빠르다고는 해도 어린아이 몸으로 멀리 가거나 산을 오를 수는 없을 테니, 연을 날리러 갈 곳이라고 해봐야 마을 입구의 개천 근처 정도일 것이다.

급한 것은 담장을 넘어 들어온 부친 쪽이었다. 그가 이곳의 곳간을 털다가 발각되는 일은 없어야 했다.

자신을 맡아준 대감마님의 은혜와 신의를 저버리는 짓이었다. 어찌하여 은혜를 배신으로 갚으려는 것인가. 그의 일이 발각된다면 대감마님을 뵐 낯이 없다. 아버지라 부르라며 인자하게 말하던 얼굴에서 본 인간적인 다정함은 무척 오랜만이라 잃고 싶지 않았다. 재영은 얼마 고민하지 않고 발길을 반대쪽으로 돌렸다.

몇 번 반복된 도둑질로 사람들은 무척 예민해져 있었다. 오늘은 꼭 잡아내겠다며 벼르며 불침번을 서기로 한 것을 지나가는 길에 듣지 않았던가. 이대로 방치했다가 모든 것을 무너뜨릴 수는 없었다. 재영은 그가 곳간에 당도하기 전에 자신이 먼저 붙잡으리라 생각했다. 하지만 생각과 다르게 곳간으로 향할 줄 알았던 그가 발길을 돌려 담장 밖으로 내뺐다.

당황해 멈춰선 재영은 조심스럽게 두런거리는 목소리에서 멀어졌다. 그를 잡지 못한 것은 아쉬웠으나 당장 급한 불은 하나 끈 셈이었다. 천천히 숨을 들이마신 재영은 몸을 돌려 지나쳤던 문으로 움직였다. 이제는 아이를 찾아야 했다.

문밖을 나가 아이가 갔을 만한 길을 달렸다. 가장 먼저 당도한 곳은 마을 앞을 지나는 개울가였다. 하지만 있으리라 생각했던 아이는 보이지 않았다. 개울 아래로 내려갔나 샅샅이 살펴보지만 보이지 않았다. 가슴이 서늘하게 식었다. 마음이 급해졌다. 골목마다 돌며 살폈지만, 아이는 그 어디에도 없었다.

의심스러운 시선이 골목 바깥으로 향했다. 설마하니 마을을 벗어난 건 아니겠지. 그러면서도 걱정스러운 시선이 마을 뒤쪽에 병풍처럼 둘러쳐진 야트막한 산을 향했다. 얼핏 바람결에 새하얀 연 꼬리가 보인 것도 같았다. 생각하기도 전에 몸이 먼저 움직였다. 뭔가 일이 생긴 게 분명했다. 연을 날리기에 좋은 장소를 알려주었지만, 혼자서 산으로 올라갈 리가 없었다. 아무리 호랑이가 살지 않는 산이라지만 늑대나 여우도 충분히 위협이 될 정도로 작은 아이였다. 재영은 싸늘한 바람에 몸이 식어가는 것도 모르고 달렸다.

산의 초입에 들어서자 바닥에 떨어진 연이 보였다. 달려가 주워 들어 연 위쪽을 더듬거리자 어스름해 잘 보이지 않는 아이의 이름 석 자가 만져졌다. 가슴이 내려앉는 것 같았다.

'어찌 이런 곳까지 온 거야.'

'악!'

초조한 마음을 숨기지 못하고 걸음을 옮기던 재영이 멈칫했다. 단말마의 비명이 금세 불어온 바람에 잡아먹혀 사라졌다. 정신없이 소리가 들린 방향으로 달려갔다. 정확한 방향도 모르면서 무작정 달려갔다. 달리다가 멈춰서 찾고, 찾다가 헤매었다. 손에 쥐었던 연은 이미 어딘가에 버린 지 오래였다.

'어디 있느냐. 대체 어디에 있어.'

정신없이 산을 헤매던 재영의 눈에 화들짝 놀라 달아나는 부친이 들어왔다. 담벼락을 넘어 돌아갔다고 생각했건만, 대체 언제 여기까지 온 거지? 의심하며 그가 사라진 방향을 바라보다가 심장이 서늘해졌다. 설마. 아닐 것이다. 그렇게까지는 하지 않았겠지. 멍하게 되뇌던 재영은 부친이 사라진 곳으로 후다닥 달려갔다. 그곳에는 그토록 찾던, 하지만 그토록 바라지 않던 모습으로 아이가 누워있었다.

숨소리가 점점 거칠어졌다. 몸이 굳어 아무것도 할 수 없었다. 끔찍한 현실을 맞닥뜨린 충격에 혀도 굳어버린 것 같았다.

'아……'

한참 만에야 겨우 움직일 수 있게 된 재영은 아이 곁에 털썩 주저앉았다.

왜 움직이지 않느냐. 왜 아무 말도 하지 않아. 왜 일으켜달라 손을 뻗지 않느냐.

입술만 달싹이던 재영은 흠칫 놀라 쓰러진 아이를 훑었다. 달달 떨리는 손을 코끝으로 가져가자 아무것도 느껴지지 않았다. 느껴지는 거라고는 싸늘한 바람과 몸을 타고 올라오는 지독한 한기뿐이었다.

'헉!'

뒤늦게 화들짝 놀라 엉덩방아를 찧은 재영은 그대로 멈춘 채 숨만 몰아쉬었다.

'아……, 아, 으!'

빨라진 호흡에 기괴하게 일그러진 신음이 뒤섞였다. 아이가 죽었다는 사실에 슬프기보다는 두려움이 먼저 앞섰다. 방에 있어야 할 아이가 산에서 죽었다. 단순히 연을 날리기 위해 왔다면 왜, 산이어야 했던가. 생각이란 걸 할 수가 없어 굳어 멈춘 머리를 억지로 굴리려고 노력했다.

일어나. 일어나. 제발 일어나. 살릴 수 있을지도 몰라. 숨은 없지만 살릴 수 있다면 이렇게 지체하면 안 돼.

중얼거리다가 불쑥 힘이 솟았다. 무릎걸음으로 기어가 엎어진 아이를 뒤집었다. 차갑게 식은 뺨에 붙은 흙과 나뭇잎을 털고는 등에 업었다. 의원에게 데려가면 살 수 있다. 살릴 수 있다. 속으로 주지시키듯 중얼거리며 내려갈 때였다.

정신없이 걷다가 문득 뭔가 깨달은 듯 가슴 속이 선뜩해졌다. 젖은 나뭇잎에 미끄러지는 것도 아랑곳하지 않고 바삐 움직이던 발이 천천히 느려지다가 결국엔 우뚝 섰다. 재영은 숨을 몰아쉬었다.

아이가 쓰러진 곳에 있었던 사람은 분명히 부친이었다. 담을 넘어 침입한 것도 모자라 몇 번이나 곳간을 도둑질해갔고 아이의 사고 현장에 있었다. 후다닥 달아나는 등 뒤엔 당혹감이 가득했었다. 우뚝 서서 어두운 길을 바라보던 재영이 몸을 흠칫 떨었다.

'설마.'

씨근덕거리는 숨소리가 점차 거칠어졌다. 심장이 내려앉았다. 상황을 직접 본 것은 아니었다. 정황상 그렇게 보일 뿐이었다. 하지만 그렇기에 더 그가 범인일지 모른다는 의심이 강해졌다. 증거나 증인은 없었지만, 모든 것이 그가 범인이라고 말하는 것만 같았다. 쓰러져 죽은 사람을 두고 달아났는데 범인이 아닐 가능성이 얼마나 되겠는가. 지금껏 그가 했던 만행들이 당연히 그렇게 보이게 했다.

재영은 아이의 다리를 꽉 움켜쥐었다. 차가운 몸뚱이는 그래도 반응이 없었다. 재영은 혹여 맞닿은 등에서 아이의 심장이 뛰는 것이 느껴지지는 않는지 유심히 주의를 기울여보았다. 기대는 실망이 되어 돌아왔다. 선 채로 갈등하던 재영은 이윽고 결정한 듯 몸을 돌렸다.

누이동생을 살리기 위해 제 살을 베어내는 것도 아까워하지 않던 모친은 병이 깊어 살날이 얼마 남지 않았다. 마음의 병이 너무나 깊어 육신까지 잡아먹었기 때문이다. 재영을 아이의 집으로 보낸 것도 모친이 죽고 나면 혼자 남은 재영의 신세가 불쌍해질까 걱정해서였다. 집안을 돌보지 않는 아비에게 붙들려 있어 봐야 자신들과 똑같은 말로를 맞이할 거라고 생각해서.

하지만 그렇다고 모친에게서 지아비를 빼앗을 수는 없었다. 마지막 가는 길에 곁을 지켜줄 사람 하나 없이 떠나게 할 수가 없었다. 이토록 원망스럽고 미운 사람이지만, 모친에게 살인자의 아내였다는 불명예를 씌우고 싶지도 않았다. 마지막 가는 길만은 편하게 그저 가는 길 가시라고. 그런 사람도 지아비라고 곁에 있으라고. 재영은 울컥 올라오는 것을 꾹 눌러 참으며 더 깊숙한 곳으로 걷기 시작했다.

어느 사이엔가 눈물이 비처럼 쏟아졌다. 앞이 보이지 않아 몇 번이나 발이 미끄러졌다. 재영은 무릎을 찍고 발을 쩔어가며 산길을 오르고 또 올랐다.

'미안하다. 내가 미안해. 잘못하였다. 그러니 나를 원망하거라. 너를 이 춥고 고된 곳에 묻은 것은 나이니, 나를 원망하거라.'

사죄하는 목소리는 흐느낌이 되었다가 나지막한 한탄이 되었다가 다시 흐느껴 우는 소리에 먹혀 사라졌다.

'자장, 자장 우리 아가. 잘도 잔다, 우리 아가.'

흐느끼던 입술 사이에서 나지막한 자장가가 흘러나왔다. 차라리 아이가 죽었다는 것을 잊고 싶었던 것일지도 모르겠다. 그것이 아니라면 아이의 혼을 달래고 싶었던 것일지도 몰랐다. 재영은 흠뻑 젖은 얼굴로 자장가를 부르며 능선을 넘어갔다.

멍한 상태로 도착한 곳은 조그만 굴 앞이었다. 예전에 우연히 발견한 여우굴로 지금은 아무것도 살지 않는 빈 굴이었다. 아이를 묻을 곳이기도 했다. 재영은 아이를 한쪽에 내려놓은 뒤 나뭇잎을 헤쳤다. 맨손으로 땅을 파다가 잘되지 않아 근처에 있던 돌을 주워 땅을 찍어 부수었다. 무아지경에 빠져 땅을 파낸 뒤 숨을 고르며 돌아보자 여전히 눈을 감고 누운 아이가 보였다. 재영은 하염없이 아이를 바라보다가 눈물을 쏟아냈다.

'내가 잘못했다. 이건 모두 내 잘못이니 날 원망하거라.'

 차가운 바닥에 아이를 누이고 천천히 파낸 흙을 밀어 넣었다.

 '이후에 다시 우리가 만난다면 그땐 두 번 말하지 않고 내 죗값을 치르마.'

 처음에는 느리던 손이 한 번씩 반복할수록 조금씩 빨라지기 시작했다.

 '그러니 돌아오지 말고 여기 있거라. 이대로, 여기에 머물러 절대로 돌아오지 말거라.'

 빨라지던 손은 광기에 차 미친 듯이 흙을 밀어 넣었다. 온몸으로, 온 힘을 다해서.

 '돌아오지 마라. 알리지도 말고 나오려고 하지도 말고 여기에 있거라. 절대 돌아오지 말거라. 다 내가 안고 갈 터이니.'

 미친 듯이 흙을 밀어 넣던 손이 멈추었다. 눈물이 쏟아져 내려 앞이 보이지 않았다. 재영은 서럽게 울음을 터트렸다. 완전히 사라진 아이의 흔적 앞에서 엎드려 통곡했다.

 "흐윽, 끅, 윽!"

땅바닥에 엎드려 울던 재영은 온몸이 더러워지는 것도 아랑곳하지 않았다. 땅을 파내느라 뭉개진 손에는 다 삭은 옷자락 일부가 쥐어져 있었다. 이곳에 아이가 있었던 흔적이었다.

그저 알게 된 사실이 끔찍하고 고통스러워 어찌할 바를 몰랐다. 죗값을 치르겠다고 했지만, 그건 그 당시의 자신이 해야 할 일이었다. 다시 만나면 무엇이든 다 갚겠다는 말은 그저 그 순간의 죄책감을 벗기 위한 변명밖에는 되지 않았다. 왜 알리지 않았나. 하룻밤 사이에 연만 남기고 사라진 아이를 찾느라 하루하루가 다르게 말라가는 그들을 보면서 왜 아무 말도 하지 않았나. 그랬으면서 어떻게, 무슨 염치로 다시 돌아온 것인가.

흐느끼던 재영은 손을 감아쥐는 서늘한 감촉에 놀라 눈을 떴다.

"제 발로 나오지 말라고 하시기에 형님께서 찾아오시길 아주 오랫동안 기다렸답니다."

너무 놀라 숨을 쉴 수가 없었다. 눈앞에는 시커멓고 삭아 해진 옷을 입은 아이가 있었다. 조그만 손가락이 갈고리처럼 살갗을 파고들었다. 찢어발겨지는 통증이 너무나 고통스러워 숨을 헐떡이며 비명을 참는다. 순식간에 이마가 식은땀으로 흥건하게 젖었다.

"이리 직접 찾아주시니 어찌 감사해야 할지요."

"윤형아."

이번 생에선 본적도, 들은 적도 없는 이름을 툭 내뱉자 아이가 환한 얼굴로 웃었다.

"예, 형님."

"나는……, 나는."

"형님. 저는 이제 자유의 몸입니까?"

뜬금없는 질문이었다.

"이제 저는 이곳에서 나갈 수 있는 것입니까?"

"……."

"형님께서 돌아오시지 않았습니까."

재영은 당황해 입술만 뻐끔거렸다. 아이는 답을 바라고 있었다. 기다리고 기다리다 원(願) 그 자체가 되어버렸으면서 단 한마디를 듣기 위해 억겁 같은 시간을 버텼다. 이곳에 혼을 묶어버린 제게서 나올 단 한마디를 듣기 위해서. 다시 만날 때를 기약한 것이 자신이었기에 홀로 남겨진 아이는 기다렸다. 환영이라고 생각했던 것들이 한꺼번에 쏟아져 들어왔다. 그제야 아이가 보낸 까마득한 시간이 실감 났다.

"형님. 저는 이제 자유의 몸입니까?"

어느새 다가온 윤형이 깊고 음울한 목소리로 물었다. 마주친 눈동자에는 무저갱보다 더 깊은 원망과 고통, 공포가 어려 있었다. 이곳에 묶인 채 윤형이 느꼈을 그 감정들은 이제 재영이 떠안아야 하는 몫이었다.

"그래."

꽉 잠긴 목소리로 말하자 마침내 윤형의 얼굴이 환해졌다. 재영은 아이에게 붙잡힌 손을 힐끔 바라보았다. 조그맣던 손은 어느새 커다란 구속이 되어 재영을 아래로 잡아당겼다. 콧속으로 축축하고 서늘한 겨울바람 뒤섞인 흙냄새가 느껴졌다.

미뤄둔 죗값을 치를 시간이었다.

<끝>

중편들, 한국 공포문학의 밤
액연

1판 1쇄 찍음 2024년 9월 5일
1판 1쇄 펴냄 2024년 9월 20일

지은이 | 권여원
발행인 | 박근섭
편집인 | 김준혁
펴낸곳 | 황금가지

출판등록 | 2009. 10. 8 (제2009-000273호)
주소 | 06027 서울 강남구 도산대로 1길 62 강남출판문화센터 5층
전화 | **영업부** 515-2000 **편집부** 3446-8774 **팩시밀리** 515-2007
홈페이지 | www.goldenbough.co.kr

도서 파본 등의 이유로 반송이 필요할 경우에는 구매처에서 교환하시고
출판사 교환이 필요할 경우에는 아래 주소로 반송 사유를 적어 도서와 함께 보내주세요.
06027 서울 강남구 도산대로 1길 62 강남출판문화센터 6층 민음인 마케팅부

ⓒ 권여원, 2024. Printed in Seoul, Korea
ISBN 979-11-7052-433-5 04810
ISBN 979-11-7052-429-8 04810(세트)

㈜민음인은 민음사 출판 그룹의 자회사입니다.
황금가지는 ㈜민음인의 픽션 전문 출간 브랜드입니다.